INK

文學叢書

102

北溟行記

龔鵬程◎著

【目次】

獻詩

龔鵬程教授《北溟行記》付梓，遙贈二十韻：

故府文章在，斯人幾輩存？盛朝徵國士，遠道失王孫。
忽遇登仙客，飄臨降帝閽。行藏超世網，識鑒絕時倫。
讜議驚流俗，狂言薄至尊。屬辭恣宏邈，御氣任飛奔。
勢聳群巒秀，風摶萬翮遷。巍然凌泰岱，峻極睥崑崙。
岳峙方千仞，淵沖貫九垠。祚移山可徙，怨作石能言。
復蹈孤涼界，深窺眾妙門。逍遙開勝境，璀璨出清暾。
佛宇光初滿，瑤臺日已昏。明夷惟待訪，晦昧盡潛吞。
庚信書難寄，陳蕃榻正溫。漫遊鄒氏邑，高臥謝公墩。
獨對中天月，聊傾北海尊。醉來頻夢蝶，醒覺了無痕。
造化庸須問，浮生詎足論？掩懷長太息，莫與賦招魂。

陳興武

乙酉清明日，寄於羊城寓所

北溟獨行

劉夢溪
中國藝術研究院文化研究所所長

乙酉春節前夕，鵬程兄自台北打電話來，説他客座北大期間寫的旅行隨筆一類文字，不止我看到的那兩篇，拾掇起來有六七萬字，準備出一本書，叫《北溟行記》，希望我便中寫一篇序。他的雅意讓我略感爲難。因爲平生從未給任何一位友人或同道的著作寫過序，沒有「人之患」什麼的理由，只是懶於此道。

電話那邊的鵬程意識到我的遲疑，説要不把稿子先傳過去，看了再説。於是鵬程的助理古明芳小姐很快傳來了郵件，但我無論如何打不開裝有文稿的附件。再傳，還是打不開。後來改變格式傳來簡體字文本，才順利打開了。剛閱讀幾篇，鵬程的電話來了，説已回到北京，不是催序，只是報告行蹤。但在我，雖未答允，已分明感受到了壓力，遂用足足一個晚上的時間，強迫自己通讀了全稿。

我與鵬程相識已有十五六年的時光，見面不少，交談不多。好像我們之間也不必做太多的交談。一次與陳曉林三個人一起進餐，居然彼此無話。後來憶及此事，均不以爲異，反而覺得有些深永的意味。鵬程既治學，又治事，學問和事功都做得有聲色，是忙人，也是聞人。海峽兩岸的學界，有誰不知道龔鵬程的的名字？撇開擔任陸委會處座的幾年，他應該是台灣學者中來大陸次數最多的一位。不定什麼時候，他就翩然地來了。研討會論文他從來照交不誤，但會議期間，卻很少見到他的身影。他對按部就班的研討，總有些不耐煩的樣子。輪到他發表論文，也常常講些近乎反調的即興的話，然後就神行太保似地不見了。讀了《北溟行記》，才知道這是他的慣技。會議沒好好開，良辰美景、山川形勝、國寶異珍，卻被他看了個夠。

說到底他是個不喜任何拘束的人。我也是一樣，參加會議遇有不知所云、言不及義的說辭，我會坐立不安，只好一次次地去洗手間暫避。但還會回來，不敢像鵬程那樣果斷，見勢不好，溜之乎也。張藝謀導演的《十面埋伏》，媒體批評如潮，獨缺正面解讀。其實這是一部極具追尋精神的影片。民間幫會飛刀門也好，捕快衙門也好，都是禁錮個體生命自由的牢籠。他們各自規定的森嚴律令，不過是驅動精神麻痹者跌入報復與仇殺怪圈的鎖鏈。章子怡飾演的小妹和金城武飾演的捕頭，在藍天白雲下，在令人震顫的愛情面前覺醒了，他們選擇了追求個體生命獨立和自由的道路。他們願意過像風一樣的日子，共同飄到山野爛漫處。儘管對峙雙方的首席或非首席執行官，最終扼殺了他們的選擇，但那漫天白雪中的殷紅血跡，訴說著獨立與自由在蒼茫中綻放出的絢麗色彩，不是別的，正是自由、獨立和愛情的面前，佈防著重重疊疊、眞眞假假的「十面埋伏」。敢於和能夠衝破「十面埋伏」的人，就能夠完成人生的超越。

當然達至此種人生境界並非易事，所以《十面埋伏》把李延年的詩「北方有佳人」作爲影片的主題曲，或作爲背景音樂或由小妹反覆吟唱。「佳人」的品質是「異世而獨立」，而結句「佳人難再得」，則是全詩的點睛。試想這是多麼莊嚴、幽眇而富於哲學意涵的題旨。比起時下那些淺薄的搞笑以及歪曲歷史的戲說，不啻有天壤之別。《英雄》亦復如此，它在各國爭雄混戰血流盈野的歷史時刻，敢於倡言放棄，是何等氣魄！孫子說：「兵者，國之大事。」故不可不極審愼而明察。然今日之天下，以兵爲戲，已司空見慣。連昧於兵家五事的阿扁陳也欲染指其間，不亦悖夫？國共兩黨爭戰二十餘年，中有日人進犯屠戮，中華大地，血流漂杵。五十年小息，無論大陸還是台灣，都不過是小成，何敢閉目高蹈而忘其來路？儒家反對認賊作父，佛家忌認賊爲子。賊子賊父之不可倚，三尺童子如得母教者尚且有知，當政者倘非智障，豈能不曉乎？鵬程《行記》〈昧日〉一篇，析此理甚詳，讀之與我心有戚戚焉。俞曲園《病中囈語》預測其身後世事，多所言中，人以爲神。其第五章：「大邦齊晉小邦滕，各自提封各自爭。郡縣窮時封建起，秦皇已廢又重興。」似指此前五十年的兩岸情狀。而第六章的詩旨，頗似今天：「幾家玉帛幾家戎，又是春秋戰國風。太息斯時無管仲，茫茫殺氣幾時終。」亦可約略涵蓋當今世界大勢。

鵬程自是難得的人才，「異世」和「獨立」兩種品格，他均當得。還是十多年前，一位長期旅美的既研究經濟學又研究紅學的學者，看到我主持的《中國文化》雜誌編委中有鵬程的名字，他說這個人喜歡立異，別人這樣說，他偏那樣說。蓋鵬程的性格，確有異乎儕輩、言必己出的特點。他爲文簡，視事易。揆諸中國思想史上的知行論，他類乎「知固易，行亦匪艱」的一派。爲學則不專主一家，吾國固有學術的儒釋道三教，均爲其涉獵對象。不知者以爲駁雜，然他於儒學能得其正，於道家能得其逸，於釋氏能得其無相無住。他的學問過程是動態的，靜中生動於他無緣，動中取靜卻給他以生命的欣悅。他的天性本乎自然，情感樂見自然之趣，但理性認知，卻傾向於識外無境。

故他單純的內心世界，不免存有矛盾，性簡每爲事繁所苦，知易行易的理想，又常爲人事所格。昔賢爲學治事，講求「知止」，大德智顗亦主定慧止觀並重。鵬程辭陸委之處座、卸佛光之校長，北溟遊走，浪跡天涯，吃狗肉、喝壓酒，莫非已臻「知止」之境？去年十月七日，我與內子邀請鵬程參加北京知識界的「金秋有約」，他拈得的詩籤是：「登仙非慕莊生蝶，憶舊還尋陶令盟。」也許可以之作讖。

然鵬程終歸是古之文人與今之學人的同生體。就前一層面而言，他可以仰觀浮雲、俯鑒流水，浸潤詞章，自得其樂；就後者而言，他卻無法須臾忘情於政治，不能做到完全停止對社會的文化批評。他對台灣社會所持的批評態度，人所共見。客座北大訪古攬勝期間，大陸社會的諸般世相，也沒逃過他的眼睛。百年中國文化傳統流失的程度，以上一世紀五十年代以後爲最甚，隨著經濟的騰飛發展，如今正在修補與重建的過程之中。但文化是一深層義涵，傳統是一穩固形態，重建如果只停留在淺層模仿，則混淆古今、不分雅鄭、荒陋不倫，種種悖謬，殊難避免。故祭孔有顚倒祭品、牛尾巴豬屁股正對著孔子像的大不敬，參觀世界遺產承德避暑山莊，看到街上有大紅布條寫著「本店新推出二嫂開苞豆腐」一類廣告，推銷工藝品的售貨員，則一個個「穿著清朝服裝，見遊人至，則皆唱喏」，「男人們也一句句大人萬福」。而各種名堂的「學術會議」「高峰論壇」，又如雨後春筍般爭相競辦，不惜重金地「花錢買虛熱鬧」（紅樓夢裡趙嬤嬤的名言）。鵬程不禁發爲感慨：「暴發大户人家的氣象，總是如此的。」他敏悟地發現大陸經濟發展過速帶來的某種隱憂，如果遇到機會，我想他會坦誠建言的，只是這樣的機會，我們此地「永久住民」尚且烏有，他以客座來賓的身分，恐怕不易得罷。台灣的事，他更念茲在茲地繫念於懷，本書有好幾篇都是關於台灣的諍言讜論。他不是逐臣，而是自我放逐，但屈、賈之憂懷，他多少是有的。幸好，他會喝酒，可以化解煩憂；他能寫詩，可以稍釋愁懷。

寫到這裡我才有了一點作文的感覺，不妨乘著文興，到鵬程學問與文章的「老房子」裡再看看。他學問的本源是詩，爲學的根基是中國詩學。他自述生平，只說自己的生命「興於詩」，其實他的學問也「興於詩」。他雖未因「詩」以成「禮」，卻能夠因「詩」以成「學」。二〇〇〇年九月，鵬程嘗以〈雲起樓詩〉見贈，翻讀數過，驚爲古人之作。他的文章，也深得古人爲文的脈理韻致。中國傳統文化背景下的詩文一科，他眞的是窺見了堂奧，其文思之快，「日試萬言」在他不成問題。至於驅遣文言到嫻熟地步，今而後快成絕響了。《行記》中許多篇章，都因熟練地牽引古人詩文，而備增文筆情趣。〈天寒話詩詞〉一篇，與吳世昌先生商榷如何解詞，他步步爲營，「以強凌弱」，令人忍俊不禁。但又說吳先生不懂文學，未免太過。也許在古詩文領域，他不時會有「舉世無談者」的孤獨。所以當獨行燕市之際，忽然得到陳興武先生〈蝸咏三章〉，頓時喜形於色。陳詩確寫得不錯，尤其第三首：「獨愛風流惜此身，行藏在我任時人，只今別訪名山去，高蹈煙霞望絕塵。」詩味足，措意對景，可慰遊子之心。但鵬程似更喜歡方仙橋的〈海上〉：「一念家山百感俱，吳江楓落渺愁予。杜根滌器甘窮死，梅福成仙定子虛。大錯鑄成新造國，餘生留讀未燒書。乾坤自此多長夜，只夢桑田見海枯。」他說每誦及此詩，也經常是「百感俱」的。

鵬程感興趣的另一領域是晚清史事。我猜想他也是由詩文而喜歡同光諸老，然後由諸老之詩文再入於興衰變幻之歷史。我不知道他是否同時也受到高陽的影響。高陽的小說越寫到後來越逼近歷史眞境，至少他和高陽應該是忘年好友，彼此切磋晚清史事的機會不會沒有。《北溟行記》中談名園、談帝京景物諸篇，如〈雄秀〉、〈離館春深〉，以及由八達嶺長城談到〈悲傷的鐵路〉，多得之於鵬程這方面的學養。《行記》中這類文章，如果不是對晚清的歷史與人物掌故爛熟於心，斷難寫出。而且不只是見景生情，尋常講些歷史故實，而是藉以發歷史嬗變之感慨，寄寓深切的家國情懷。十七八年前鵬程初來大陸時，目睹中華文化命垂一線，他感到自己是個「文化遺民」，現在面對台灣有人要「去中國化」，他又感到自己成了「另一種文化遺民」。

鵬程呵，鵬程！你北溟行走得好辛苦耶！

時在農曆乙酉上元後三日寫於中國文化研究所

故壘西邊

王孝廉
日本福岡西南學院大學教授

龔鵬程治學極廣，舉凡哲學藝術、文學、歷史、宗教、文化，都有專書出版，數量質量，都堪稱台灣第一。他的學問，非我這樣只限於民族神話一隅的學究所能評論。每讀他的書，時有望洋興嘆、自愧不如之感，對於他的學術著作，我常是像下里巴人聽唱陽春白雪不求甚解地讀過。我比較認眞而仔細讀過的有兩本書，一是他一九九六年出版的《龔鵬程四十自述》，另一本是即將出版的這本《北溟行記》。

這本行記是龔鵬程二〇〇四年八月到二〇〇五年一月，半年間的遊學記錄，這半年，他客座於北大、清華與南京師大之間，傳道授業解惑之餘，行蹤遍及東北、北京、山東、南京、江蘇、浙江、福建和湖北、四川各地。這本書正如他自序所言，是他講學談文化之餘的品花弔古、觀人讀世之作，具有文化觀察、社會批評、兩岸比較、知識分子關懷、旅遊文學意味、時代學人記錄之諸多意義。

這本書也是龔鵬程六年前《遊的精神文化史》出版之後，走出書齋，拋下萬卷書而行萬里路的

「鴻鵠高飛，不亦快哉」之作。

龔鵬程筆快，是眾所周知的。他說他提筆爲文，不擇時地，不須參考書籍，坐下就能寫，一天大抵就是萬把字。辦公室、酒館旅店、飛機火車，都能率意放筆。有一次在宜蘭礁溪夜飲，眾人皆醉，不知今夕，又不知明日身在何處。第二天中午，卻見龔鵬程神清氣爽地出現了，他酒後回了佛光的校長室，一夜未眠，寫完了一個長篇學術論文。

龔鵬程喜人間煙火，肉食善飲。喝的多是中國白酒，從五糧液、金門高粱到二鍋頭，酒量好，酒品也佳，相交多年，好像從沒見他醉過。對他來說，天下殆無不可飲之酒、不可食之物。我在佛光客座的時候，有一次他請文學所的師生在山裡吃山珍，喝的是蜈蚣蝎子之類泡的藥酒，吃的是蟋蟀蠶蛹、竹蟲螞蟻、爬山虎過江龍之類的奇蟲怪獸。那次盛宴，使我始悟天生萬物以養人的古訓，也覺得上帝似乎偏愛我中國同胞。

龔鵬程吃狗肉，大概是一黑二黃三花四白什麼都吃。他在北京講學論道之外，「若問近日快事，則是吃了三餐狗肉、驢肉、兔肉火鍋而已」，在瀋陽「見一小店有狗肉燉豆腐、紅燒驢板腸，不免又喊了一份來嚐嚐」，在四川南充——

> 我獨自跑到街上去溜達，竟又發現一狗肉館，要了一鍋。黑瓦陶鍋，吊在爐火上燒成。細皮精肉，配以紅椒青蔥。食之，大有理致。再要了一味鯽魚湯，用白瓷方盒盛滿一器，乳色厚汁，與高爐黑鍋狗肉恰好相映成趣：方與圓、黑與白、陶與瓷、高與低、火動與水靜、畜肉與河鮮。廚師隨意搭配，竟爾如此。川北風情，豈不可觀？堪嘆狗肉被濟公、魯智深喫壞，令人思

及，便覺其粗鄙狂野，殊不知此道亦有雅人深致也。（〈四川壓酒〉）

吃狗肉能夠吃得如此風雅，那些被龔鵬程吃了的狗，狗逢知己，泉下必當含笑。善食狗肉的龔鵬程因爲吃，因爲在佛光大學的草場上架起蒙古包烤全羊，成了他佛光校長下台的原因之一。校長率眾吃了羊，護生愛羊的佛光教徒吃了校長。

書生議政，秀才造反，原本就不過是吵吵鬧鬧成不了什麼局面的遊戲。龔鵬程是一個家事國事天下事，事事關心的知識分子，所以《北溟》書中有許多兩岸比較和對台灣當政時局的批評建議，〈台灣應與鄰相善〉、〈政治威而剛〉、〈議時事四則〉、〈偉大國家之作爲〉、〈大陸新政權的難題〉……諸篇，都展現著一個知識分子的良知與關懷。只是這些逆耳的忠言，恐怕不是兩岸當局所能聽得進去的。「秉國者，沒有本事安邦治事，只好把社會搞亂，拋些題目來讓內部不斷爭吵，彼此仇恨，相互詛咒，保證殲滅，乃陳水扁杜正勝諸君之絕技。」（〈逗秋〉）這種絕技，余秋雨學不來，龔鵬程也學不來。而身懷絕技的扁杜諸公，在面對兩岸的現實問題的時候，也只能是技窮的黔驢罷了。

龔鵬程曾經從政，做了幾天陸委會的文教處長；曾辦學，平地高樓地建了南華和佛光，但都是出師未捷，沒有什麼政績和成就之前就掛冠下台了。邈姑射之山雲起雲落，平白辜負了嘉南平原上的青青蔗林和宜蘭礁溪秀麗的林美。從政與辦學兩無所成的原因，我想一是由於龔鵬程的率性使氣，狂狷兼具的傳統文人的性格；二是由於台灣的政治宗教團體一樣都是「居廟堂之上，甘心自棄文化於不顧」的心態所致。

飛上的是理想，落下將要化作泥的，則是生命。〈悲秋〉

但獅子橋的笙歌達旦、酒肉徵逐，畢竟只是城中一隅而已。在南師大校園邊長街暗巷的路樹陰影中，卻流漾出一曲哀怨宛轉的琴聲。我循聲找去，原來是一眇目老人，兀坐在陰僻街邊，拉著他的琴。伊唔抑咽，在冷極了的空氣中，如一江凍不住的水，嘩啦啦潺湲不盡地把幽怨流個不了。

我怕聽這種音樂，又喜歡這種音樂。

怕聽，是由於它顯示了社會上「朱門酒肉臭，路有凍死骨」的真相，使人惻惻不安。大陸這些年，街頭背兒負女的流民乞丐已漸少，蹲坐路邊掛個小紙牌找臨時工作的農民和下崗工人也漸少，但這偶爾在暗夜冷巷竄出的身影及琴聲，卻提醒了我們：原來社會仍是貧困的、真相仍是殘酷的。今晚這麼冷，這些人熬得過嗎？〈記一曲耶誕琴聲〉

讀此文字，悵然良久，好像一下子時光倒流到解放前的傳統中國，真不知這種霜天雪地使龔鵬程喜歡又怕聽到的琴聲，什麼時候才能在中國大地上消失。

龔鵬程的北溟文化之旅也快完成了，之後他將更行更遠，飛渡太平洋去美國繼續遊歷。東風西風，異民族異文化的參與觀摩和比較的另一本行記，大概很快地就要出版了。但不知累於官、累於辦學、累於藝能和文化活動的龔鵬程歸程何處？歸期何日？故壘西邊，曉風殘月。鵬程今宵，酒醒何處？

二〇〇五年四月十一月於日本福岡

魚龍寂寞秋江冷

周志文
台灣大學中文系教授

春節假期，鵬程自北京返台，與我及北師大的王寧教授一起吃了頓午飯，匆匆談了一下，此後便未再見面。過年時，他以電話告訴我半年來在網站發表文章，學生已爲結集成冊，亦有出版社願意爲之出版，詢我是否願意爲此書作一序言。我答以本人既無電子信箱，亦從不「上網」，不審何日台端已是「新興人類」，在網上發表新書。鵬程謂他至目前亦尚不善操縱電腦，亦不知如何「上網」與人連繫，此書文章原是手寫，傳眞予台灣學生，學生爲之打字，架設網站並收集網上消息。他知我亦不諳此物，叫學生「拷貝」一書面寄我。春節後收到，寒假短促，忙於俗務之外，大致在看此書文章。

鵬程此書，書名《北溟行記》，大致是他交卸佛光大學校長職務，利用休假到北大講學，周遊「列國」，頗有所感，隨筆記行。取《莊子》之典，〈逍遙遊〉曰：「北冥之鯤化而爲鵬，摶扶搖而上九萬里，將徙於南冥」。但鵬程反其道爲之，從南海之島縱飛北冥，棄炎方之陽光，就朔方之陰沉，行吟玄武澤畔，與龜蛇遊處，杜詩曰：「魚龍寂寞秋江冷，故國平居有所思。」秋江冷，魚龍何嘗不冷？鵬程故作鎮定，其實南方鳳凰之鄉，亦有令如魚龍般的人物心冷的地方。

鵬程遊北國，講學上庠，日與新交舊友登城闕、醉高樓、喫狗肉、縱詩文，表面上一片熱鬧，而內心實十分寂寞。某個深夜，我已就寢，突然電話大響，對方傳來鵬程聲音，我以爲他已回台，原來他在南京附近一山中，酒後寂寥，以手機問訊。我問他好嗎，他答以好個鬼，只有寂寞呀！

這就是鵬程。表面倔強，而臟腑之間，亦有脆弱之處。平日一副吊兒郎當，萬事無所謂，有時更嘻皮笑臉、玩世不恭的樣子，但他其實是有所謂的。他在乎的事情，總藏在最深沉之角落，別人無從發現，便說他什麼都不在乎了。

我只知道他有脆弱之處，有在乎的事，但脆弱與在乎的地方，我其實也說不上來。我知道大約在五年前，他是在心情極爲惡劣的狀況下，離開他一手籌畫、一手創辦經營的南華大學。當時佛光山的人排擠他、南華的同仁攻擊他，使他不是很光彩的離開該傷心地。他從無怨言，對排擠他攻擊他的言語，他都採正面的回應，不爲對方接受就算了，決不詈罵反擊。這是他堅強之處。有一次他酒後告訴我，南華的事令他心碎的不是佛光山要他下台，而是他交了幾十年的朋友，竟然在他最需要的時候一個個離他而去，他覺得失落，從來沒有這麼強烈。他說完，我看他眼中湧出一陣憂傷，那憂傷連我都覺得陌生。不過那憂傷沒有持續。他立即斟酒入杯，一飲而盡，又嘻皮笑臉，好像沒說過自己失落那樣的話的樣子，令人難過又好笑。

想不到這種難堪的遭遇，像是翻版般的在五年之後又重演一次，這次有點像章回小說，「庖丁解牛，遂得養生之旨，龔生屠羊，又解校長之職」，他莫名其妙的被任命主持佛光大學，又莫名其妙的被叫滾蛋，這是一件震驚天下的荒唐。假如鵬程眞的胡搞，那爲什麼佛光山要他連續糟蹋兩所大學？假如鵬程眞是人才，那佛光山爲何讓他在座位上根本還沒坐暖，宏圖尚未眞正展開，就要他匆匆走路？教育培養人才，是百年的事業，爲何輕率如此？這裡面一片迷團，任誰都無法合理解釋。佛光山把辦大學當作李義山無題詩來作，「詩家總愛西崑好，獨恨無人作鄭箋」，欲解此謎，可能要待後世「發掘」了。

這件事的主角是鵬程，但從來沒有人來問他的意見。嗜血的大眾，期待報章雜志報導更多八卦消息，最好有色欲、有血腥，卻沒有人公開主持正義，問問佛光山到底在幹什麼？此事發生後，鵬程曾多次與我參酌他日後的出處行藏之類的事。我勉他繼續在自己創辦的學校作一不兼任何兼職的陽春教授，好好教育下一代，不作校長，亦可留下風範，這樣才對得起在他手中招進來的學生、才對得起苦樂同當的朋友同事。不當校長就拂袖而去，表面瀟灑，其實於教育而言，卻不夠擔當。

鵬程極聰明，對朋友們亦極重道義，可惜的是，他受傷最重的，卻往往在友誼上。他有一般聰明人的通病，那就是做事貪多，最好一手能做十件事。這當然也是長處，他可以一邊做企畫、一邊指揮行動，卻又能隨手寫文章。文章總是洋洋灑灑的，下筆頃刻萬言對他不是難事。我二十年來每次見到他，第一句話總是「累死了！」看他眼冒血絲，呵欠連連，卻似乎從來沒有耽誤過任何一件事。然而貪多也不盡是好事。做事貪多，往往把注意放在事物的功能上面，對這件事的價值、意義卻反而甚少著意。交友一片眞心，但太浮濫，別人不見得以眞心待他，他亦不察。鵬程晚近，亦偶對他曾做過的無聊事情頗生悔意。一九九六年，我與他同赴美國洛杉磯開會，那時籌備的南華大學，正要在秋季開學，我們同寓西來寺的招待所，席間他寫詩一首記其複雜心情，詩曰：

鎮日荒唐不可療，愧無割愛懺情刀。
莊生夢罷方迷惘，海客求珠任劬勞。
也有悲心藏宇宙，但隨遊戲構窠巢。
江湖莫道千秋事，即此生涯卻自豪。

開學在即，人事校舍，乃至科系課程，無不傷人腦筋，而鵬程外務又多，其中又牽連許多更複雜難解的友誼與感情，令他一時迷惘，不知如何處置，遂作詩中牢騷語。我勉以專注一事，不要任意分心，以人之注意力如方糖一塊，放在杯中可使杯水甜蜜，但如放在洗澡盆中，便沒有作用，蓋人之精力有限，不宜到處分神也。草草步韻和其詩曰：

百年大業路正遙，割愛何須懺悔刀。
願力既能涵宇宙，悲心豈應委波濤。
夜吟月光寒徹骨，晨起雞唱震雲霄。
莫道求珠迷惘事，方糖一塊亦自豪。

末句頗俚。然不解釋，亦無人知其含意。方糖一塊放對位置，如人專心致志，一事能成亦足自豪也。當時鵬程年方四十出頭，已能集合群彥，齊力辦一所有理想的大學，阻礙雖多，自信必能克服。偶有沮喪，時有迷惘，稍作沉澱，立即清明，鬥志滿滿，前程大好，何圖未及十年，竟罹此下場？《金剛經》云：「一切有爲法，如夢幻泡影。」人生世事之難料，有如此者。

除此之外，台灣社會的現狀，亦非我輩十年前所能逆睹。文化淪喪、價値混亂，不圖至於斯境。自外於中國，將地圖倒懸，以證明台灣在中國之上，是世界的中心。自欺欺人，莫此爲甚。假如眞的讓台灣站起來，將本土文化深耕易耨，期望嘉樹成蔭也不是壞事，但島上崇洋媚外之習日甚一日，「去中國」的結果是做洋奴罷了。教育部規定國中必須認識英文單字一千，卻從不規定學生要認識多少中文。家家人人，參加全民英檢，合格手舞足蹈，不合格，則如喪考妣。台灣又以民主自詡，「主權在民」騰爲口號，但實際是：主權雖然在民了，而人民又操控在一小撮混帳政客手上。這是眞相，人人都知道，卻不願道破。

對我們這些略有文化涵養的人而言，此刻的台灣，確實是傷心地。鵬程書中，多有論及，此處不贅。這是鵬程北徙大陸、縱遊中國的原因之一吧。但當下的神州故土，對鵬程而言亦不是那麼熟稔。我輩熟習者，多是歷史上的中國。現實的中國，全國皆商，便連祭孔，亦純是商業，或是觀光產業的一部分。歷史的中國，令人迷戀，現實的中國，傖俗無聊，令人厭惡又迷惑，此書中，亦多道及。要超拔這種情緒，只有獨自一人，與無言的河山相對，這時古典甦醒，中國又委婉可愛起來。書中有篇〈登泰山〉短文，寫此遭遇，文章緊密、動人心魄，文曰：

> 飯畢，他們去巡山。我則把醬牛肉裹了一包，另包了四個月餅、一壺酒，乘月經「天街」上玉皇頂去對月獨酌。四山悄立腳下，雲高月亮，風寒砭骨，而興致甚豪，乃又往碧霞祠。此乃碧霞元君祖廟。廟門未開，我由側壁甬道竄入，坐殿前條椅上，聽道士做夜課。誦聲琅

琅，夾以磬鐸，竟爾睡去。醒來已無人。遂出，拾階而下。月明四照，如在水波中行。

不再徵引，書中文字宏肆之處固夥，而論張力，則以此篇最好。鵬程文章祕密，多寓警策，運筆如運刀，砉然嚮然，奏刀騞然，莫不中音，中經首之會，合桑林之舞，友輩中，罕有及之者。鵬程有此筆力，台灣大陸，當下之醜，無須過分措意，專心作文，便足不朽。校長做它不做，更是等而下之的事了。

二〇〇五年二月廿七日，序於台北鄉下，時窗前杏花盛開矣

自序

龔鵬程

這是一本遊記。《莊子．逍遙遊》說：「北溟有魚，其名爲鯤。化而爲鳥，其名爲鵬。是鳥也，海運則將徙於南溟。南溟者，天池也。」我就是那隻大鵬鳥，飛來飛去。偶爾在旅途中有些隨筆札記，便成了這麼一本書。

莊子的寓言，甚爲恢奇。鯤其實是魚卵，他偏說是其大不知幾千里的大魚；南溟其實就是北溟，故下文又曰：「窮髮之北，有冥海者，天池也。」可是莊生偏說鵬要由北溟飛到南溟。這不是故弄狡獪嗎？且「溟」就是冥，因是大海天池，所以才又添了水寫成溟。爲何汪洋大水稱之爲冥？是因水雖然透明無色，但眾多透明無色的水加到一塊兒，卻成了大阻隔。水深了，就什麼都看不見，光也遮蔽了，成爲一片漆黑。因此屬水的北方，一向被認爲其色屬黑，其神爲玄武，乃龜蛇之象。鳥則是南方朱雀的象徵，屬火，代表光明。但如今在莊子筆下，南與北、明與冥、魚與鳥，皆已通之爲一，相與俱化了。

這大鵬徙旅的逍遙遊寓言，即是藉此詭譎相變之說，說明世人執著於方國、地域、形象、文明之見，故不能逍遙。惟有如大鵬沖舉，「鵬之徙於南冥也，水擊三千里，摶扶搖而上者九萬里」那般，才能明白「智效一官，行比一鄉，德合一君而徵一國」的人，只似小樹杈間跳來跳去的麻雀般。大鵬鳥本身，也就顯示了宇宙間「道通爲一」的道理。

我喜歡遊，且自以爲甚能體會或享受這個道理。亦曾出版《遊的精神文化史論》（一九九九，河北教育出版社）一書，討論旅人之精神狀態及我國社會中遊的文化，並提倡一種「遊的中國文學史」。良以天性與學術認知使我去遊、去提倡遊的精神，非敢自附於旅遊文學之流行浪潮以示時髦也。

但旅遊也須有機會。平時智效一官，有個職務在身；行比一鄉，行動不出鄉里，焉能輒效列子作七日遊，或如大鵬鳥般徙東飛西？偶因公差或赴他處開會什麼，亦仍是俗務牽絆著，不是眞正的旅遊。倘有假期，隨團出遊，在領隊與導遊的帶領下，去各風景名勝觀光採購。其實大似被放鴨人趕著去水陬吃萍藻的鴨群，呱呱呱地，深切感受到出來遊觀的快樂，而實與旅遊毫不相干。至於自擬計畫、設計路線之自助旅行，或爲了完成一本書而去旅行寫作的人，更只是執行計畫業務，乃是工作，非關旅遊。

因此旅遊總是說來容易做來難的。旅遊者奔波於道途，張羅食宿、料理雜務之餘，大抵也就少了觀察另一鄉另一地的心情與時間。匆遽的過客、旁觀者的角色，更不易讓他深入地生活於那個社會，因此雖云旅行可以開拓視野、打破畛域之見，而實際上是難有所見的。掠影浮光，驚鴻一瞥的結果，反倒充滿了偏見與誤解，散溢在各種旅遊報導、旅行文章中。

我因佛光大學校長卸任，得空赴北京大學擔任客座教授，故可以在北京住上一段時間。由台北飛去北京，乃是「海運則徙於北溟」。但遷徙究竟不是定居，是以在北京期間又可以繼續徙旅四方。遊東北、去江浙、走四川、逛山東、行湖北、赴廈門，行行重行行、蕩子行不歸，大遊特遊了一番。不過，因我另在南京師大擔任「唐圭璋講座」教授，因此旅行也不致於漫無收束，仍要以南京北京爲據點。

北大與南師大都對我甚爲優待，北大只須上一堂課，南師大則僅住了個把月，做了一場講座而已。閒居於黌舍之中，或信步林野，或敲冰於湖上，愛看書就看，沒書看便去玩。偶或酒人轟飲，間預該地詩文之會；更多的，則是獨行品花、弔古、覩人、讀世。

也曾動念，想寫一部新的《兩京城坊記》。因日常穿街過巷，頗與里閈居民閒話桑麻；我又熟知掌故，不免撫今追昔，可以刻畫市肆。但終於未寫，原因即如上文所說，擬構了寫一本書的計畫去過日子，旅居的閒情可就要讓位給工作了。在這段期間，我是什麼書都懶得寫的。

但我也不能什麼都不寫。對我跑到北京南京來玩，放著佛光大學文學所的事不管，師友們很有意見。想到我在大陸，某些人古書讀得太多，又立刻就跟屈原、賈誼、宋玉等遷客逐臣的形象結合起來，爲之悲搖落、嘆淪謫。所以我得隨時寫些近況，聊當報告，以慰關懷者之心。

這即是這批稿件的由來。謝謝學棣古明芳爲我架設了一個網站，催著我上網去發表隨筆，再轉寄給兩岸師友瞧著玩。故我旅行之暇，率意放筆，實如睡覺時打呼嚕一般，非有意爲此呼嚕，呼嚕聲也很難說眞有什麼意思。

不過，據說精研心理學的朋友，能從作夢說夢話，其實也就是另一種呼嚕聲中，分析出打呼嚕說夢話的人之潛意識或心理狀態。我這批隨筆所記，論人讀世，其任情肆口、抑揚臧否之處，據說也有些朋友說看了覺得很有意思，具有文化觀察、社會批評、兩岸比較、知識分子關懷、旅遊文學意味、時代學人紀錄之諸多意義云云。我想，也許吧。反正是個特殊的寫作角度、特別的機緣，故集編起來，大家看看、想想，諒也沒啥壞處。

龔鵬程寫於猴兒歸隱而金雞將出報曉之際

行者無疆

我屬猴。猴兒跟人一樣，也有各式各種，有些頑皮、有些怯懦，我則大概比較像《西遊記》裡那隻潑猴。

那猴頭，曾自稱孫行者。我國小說中號爲「行者」的，有兩位，一是這猴，另一位就是武松。武松殺了人，家鄉無法容身，遂上梁山，做了行者，持戒刀，再去殺更多的人。孫行者卻是保護人去西天取經的，雖然那人並不值得他捨了性命去保護。這兩位行者，都走得很遠，離了家、去了國。花果山、景陽崗，皆只能留在夢中偶一回味罷了。

我亦行者。是準備殺人的武松、未戴上緊箍兒的潑猴。如今也要暫別花果山，去那南瞻部洲的冀州燕趙舊地遊歷一番。

此番將在北京大學客座，準備講中國文化史。十餘講，恰好出一小書。此外，遊歷以訪荊軻太子丹舊處，弔狗屠之墓等等，也不可無記。將陸續寫此遊記，最好能從北寫到南，由山海關外寫到海南島。再者，要寫一書，教大陸學生「如何學習中國文學」。另將於蘭州大學出版文集，擬編六本：原儒、明道、詮佛、說劍、論文、談藝。還要去南京師大擔任「唐圭璋講座教授」……等等等。

總之，行者的本事，就是不必坐在書齋中皓首，即可窮經。我的學問，即成於霜橋征鞍、南檣北馬之間，遊而學，學而遊。孔子說得好：「學而時習之，不亦樂乎！」習，是鳥數飛之意。讀書人，要像鳥兒一樣常出去飛飛才好。飛呀飛，鴻鵠高飛，不亦快哉！

二〇〇四、八、二十

自在江湖行

自八月廿日抵北京後，迄今均在流浪開會中。

送走本校來北京作家協會遊學的同學們後，即參加清華大學歷史系主辦「多元視野下的中國歷史」研討會。該校今年成立歷史系，合併了從前的思想文化研究所及一些人員，初招生畢。辦此大會，有宣傳之意。但因準備不周，與會者論文均上網而網不通，以致難以交流；會議又分二十組，每個人除本組外，其實甚少跨組參加其他議組討論。我與本校李紀祥一組。可是一早就被北大來電催著去人民大會堂參加北京論壇的開幕式，弄得我一頭霧水。後來才曉得北京論壇第二天開，但前一天需要舉行開幕式，要我儘可能趕去。只好向清華告假。下午報告完便匆匆遄赴人民大會堂。

大會堂當然仍是虛張聲勢，戒備森嚴。入內才知：原來光開幕式就要花一整天，這個會併同其他三個會，合起來稱為「北京論壇」，北京市政府主辦。北大負責學術部分，餘為退休官員、過氣社會名流之交誼場。發言陳腐客套，千餘人打瞌睡聽之。晚餐帶表演，又長達三小時。許多老先生早晨七時許即被驅上車，在會場坐至晚十時，老骨頭都快塌了架，主辦者猶自精神抖擻，老不散場。這也難怪，僅僅北大的學術論壇就花了一百萬美金。暴發大戶人家的氣象，總是如此的。

北京論壇在皇冠假日酒店開，吃住賽過皇宮，而會議乏善可陳，不說也罷。會後我抽空溜到保定去玩。一人踽踽獨行，孤孤涼涼，甚妙。此爲近日行止之大概也。

現在，則在香山飯店開「中文電腦資料庫」的會，不贅述。若問近日快事，則吃了三餐狗肉、驢肉、兔肉火鍋而已。

二〇〇四、八、二十八

八方風雨會金陵

流浪開會記，目前寫到南京篇。此次是「中華文化發展論壇」，而且加上了「海峽兩岸」的大帽子。

不過我一下飛機，就被南京師大派車來接走，並沒到會。南師大替我訂了房間，也安排了晚宴。副校長、人事處長、所長、書記、副院長都到了，要跟我談抵南師大擔任講座的事。

這是該校百年來新設講座教授之制度，誰也不曉得該怎麼辦，所以要商量。但一來我這學期在北大仍要上課，不可能到南京師大太久；二來此次抵寧，乃應江蘇省社科聯（就是上次在秦淮河請我們同學吃飯看表演的那個團體）之邀，須去開會。因此千道歉萬抱憾，請他們放我去會場，才匆匆散攤，趕去社科聯的宴會處。

到了才曉得台灣有中時、聯合、中廣等媒體、《文訊月刊》；以及王明蓀、林信華、尉天驄、應鳳凰、呂正惠等人。而明蓀由蒙古來，信華自昆明來，餘人由台灣來，套句康有為贈吳佩孚的對聯，叫：「八方風雨會中州」，齊會南京矣！事亦可喜，且風雨眞的來了。酷暑的南京，居然下起了大雨，冥晦昏濛，替六朝古都刷上了一層陰黯之色。

會議，當然慣例是「乏善可陳，不說也罷」。但安排頗值一提。明日即去徐州，要由盱眙、徐州、鎮江、揚州一路玩過去。好不好玩，還不曉得，等玩畢再說。

知佛光大學校內人事大搬風，感嘆自是不免。但此事難以理度、不可以理曉，看來當卜一卦，以測吉凶，所謂「乃有大疑，驗諸蓍龜」。天心不可測，只能去問烏龜了。

二〇〇四、九、二

文化發展隱憂

由南京往徐州、盱眙，再轉往淮安（即從前之淮陰，淮陰侯故地）、揚州，抵鎮江，沿途接待，吃喝玩樂，不在話下。詳情可另請須文蔚寫出。據我所知，他在徐州吃了不少狗肉，包括狗肚、狗蹄子。

但沿途所見，對於大陸之發展仍不免有些憂慮。原因在於大陸經濟發展得太好而非太壞。整個社會都在追求經濟成長，都在戮力建設，學界也熱中討論經濟形勢與文化發展之關係，談區域經濟、文化資本、地域特色等，對經濟充滿了信心與期待。這當然甚好，但對資本主義卻太缺乏警惕了。對經濟發展中出現的貧富不均，或因不公平故不正義之現象，太少關注，也無對策；經濟發展中須有相應之社會福利配套措施及制度，亦不足已甚！此皆可憂者也。

其次，是沒意識到文化不能去適應或配合經濟發展，而是應該去導引、批判的。否則文化就僅會成爲經濟的工具。由消費文化、再進而消耗文化。大陸的旅遊觀光，大危機即在於此。

何況，爲什麼要舉國皆商、全民皆商呢？既要講區域特色，就不可一窩蜂。我們讀《漢書·地理志》就知道：人文地理的基本原理，便在「差異」。例如齊與魯都在山東半島，齊國大搞開發、發展經濟，魯國就不走這一條路。而魯之風俗及其文化成就反而遠高於齊，爲後人所敬重。此即可令吾人深長思。

旅中偶感，隨便寫寫。以文化的追尋，聊寓懷鄉之想。

二〇〇四、九、七

自由的翅膀

今日在《中華日報》發表一文：

古代旅行的困難之一，在於行囊笨重，攜帶不便。例如孔子周遊列國，與弟子講學不輟，勢必要帶些書籍，以供諷誦。惠施出遊，「其書五車」，亦是如此。可是帶著這一大批木牘竹簡去旅行，搬運實在費錢費工，並不容易。古羅馬人旅行須雇信使，也是這個緣故。一位信使約可負重四十公斤，每一里要收兩個銀幣，旅費還須雇主負擔，花銷殊爲可觀。

旅行也不是花了錢即能順利就道的。古羅馬遊記中記載了許多旅途障礙，例如碰到大量青蛙、或大批兔子布滿路面；有時鄉間道路上忽然湧來大批老鼠，有時有蛇群；或沼澤區蚊子肆虐，都可能令旅行無法進行。有些規定，則比蚊蟲蛇鼠更惱人，像羅馬提比略帝禁止在旅店中賣糕點，理由是吃糕點太奢侈了。尼祿帝則禁止賣蔬菜以外的熟食。原因，不詳。但旅行而不慣食生冷者，恐怕就只好少出門了。

出了門，而且旅行順利進行著，也不會就無煩惱。我讀《論語》時，便常想：孔子通關過國，如何申辦旅行通行證？他在外地遊歷十幾年，要不要寄信回家呢？信差或郵務，在當時也不知是怎麼回事。春秋戰國時，通關多用「銅符」，與羅馬人以青銅製作證件相似，但《論語》中不曾敘及。羅馬郵政創於奧古斯都。但據記載，只是傳驛，且為公文書之傳訊，非一般旅人的家報書函郵遞。中國古代旅人要向家人報平安、通信息，要怎麼辦，也不易了解。而這些，就我旅行的經驗來說，可都是大事，且是麻煩事呢！

我也是讀書人，旅行途中不免也要帶些書參考或送人，別人也常回贈我一些書或資料。旅中又必然要去逛逛當地的書店，像女人採購衣飾化妝品般，訪書乃是我輩旅途上最大的樂趣。到書鋪摩挲徜徉，遠勝於逛街或聽導遊鬼扯。如此一來，行囊就立刻如堆滿磚塊般，龐大而且沉重。撐破旅行袋、拉斷拉箱、扭傷腰背，都是必然的結果。更慘的，是還要花不少錢、多嘔不少氣、多擔許多心。

第一趟去北京時，書刊資料，蒐集了五十公斤。當時不能通郵，只能扛到機場去。行囊因捆書太重，早已開膛破肚，用繩索勉強束緊，也不能託運。航務人員恩准我背上飛機，但須鉅額罰款。罰就罰吧，雖然罰起來比買還要貴，又能怎麼辦？可是，這不是交錢就可了的事。他們不收美金、不收新台幣，也同樣不收人民幣。收什麼呢？只收外匯券。一國兩制。所以必須再扛起這包捆得不大牢的書，氣喘吁吁，跑去四處找兌換的地方。一面拉拽行李，一面翻找證件及兌換鈔幣，一面扛繫書包，心裡則急躁擔心得要命，生怕趕不上飛機，將要滯留「匪區」。終於在寒冷的北京機場裡，急出一身熱汗，裹在大衣裡，如泡了水一般。

後來北京可以通郵寄書到台灣了，也未必就便利許多。因為交通仍然不便，可郵寄海外的郵局或書店也不太多。所以買了書，常要捧著拎著背著拽著去找地方郵寄，有時能借著腳踏車來捆載，或攔到一台三輪車，就慶幸不已了。古代陶侃搬磚的運動量，一定沒我大。

雖然勞累，但能帶能郵寄，畢竟還算好的。最苦惱的，是好不容易撿拾停當，載到機場，海關安檢卻規定一大堆：內部資料不准帶、線裝古籍不准帶、封箱的書勒令拆開、已包裹的書須改購他們準備的箱子或改採封裹方式……。這些規定，比羅馬皇帝的禁令更難理解。內部發行的書刊可能是朋友送的，也可能已在市面流通，與市售舊籍一樣，爲何不准攜出？扣留以後，損失不貲，又無賠償，遂如半路遭了劫掠。封捆好的包裹，割拆以後，也不幫你貼好綁好，更讓你不知該怎麼辦。這類狀況，正如不准帶酒登機，因爲擔心恐怖攻擊，會在機上點燃有酒精的飲料，可是卻鼓勵旅客在機場內免稅店多多買酒帶上飛機那樣，若不荒謬，哪顯得出海關的尊嚴與權威呢？

這就是問題癥結之所在了。人像鳥，原本是自在徙旅的。誰聽過鳥兒飛行經過某國「領空」要先申辦通行證、要到海關驗關、在某地捕獵或啄食了的食物要交稅？人的世界，卻用此疆彼域，區隔出種族、國家、省市等，行旅都要管束、通關都要懲罰。交稅其實就是懲罰之一端！理由是：因爲你們這些人要旅行，增加了我們的麻煩，所以要用關稅、貨物稅，讓你「留下買路錢」。那些亂七八糟的規定，亦皆旨在申張權力、困辱旅客，俾令其不能如大鵬鳥般翱遊四海罷了。

因此，所謂保障人民有居住遷徙的基本自由權，在現實世界中，實比思想言論自由更難實現。人受思想言論之箝制，多知反抗；受到遷徙自由之限制，卻往往視若當然，甚或樂於爲其幫凶。

故我們觀察一個社會的自由度，輒可由旅行是否自由便利看。越自由的地方或時代，必然旅遊風氣越盛、通關驗證越簡易、規定越寬鬆、郵務電訊與交通越便利。大陸本身這十幾年的開放，由這些指標看，也就非常明顯。

每在北京，坐車經過郵電大樓，或在各個城市入出通關，看見巍峨的海關大廈時，我都會想起許多旅行中遭逢的苦楚，也感受著社會的變化，並思考著這旅行與自由的問題。

在我腦子裡，更常盤旋著孟子的聲音：「古之為關也，將以禦暴。今之為關也，將以為暴。」（〈盡心篇下〉）「市廛而不徵，法而不廛，則天下之商皆悅而願藏於其市矣。關譏而不徵，則天下之旅皆悅而願出於其路矣。」（〈公孫丑篇上〉）。

二〇〇四、九、八

華文出版中心

大陸最大型的國際書展：「中文圖書博覽會」，九月二日起在北京舉行。有四十二個國家和地區的九百多家展商參展，展台近千個，展場面積達到二萬七千平方米。在書展前，北京已舉辦過了「北京國際出版論壇」；在書展期間，國際書展聯合會也要在北京舉行年會。這個會，是世界上著名的圖書博覽會組織委員會組成，故對強化北京或大陸書界與國際各書展之間的交流，也會有巨大作用。

北京書展，台灣出版界也有許多業者去參加，對於大陸出版業之發展，大抵是感慨良深的。十年前，大陸出版業來台交流時，對台灣出版之榮景、營銷之業績、物業之管理，無不景羨。而如今，大陸出版市場之發展，一日千里，去年就出版了廿萬種書、九千種期刊、廿九億五千冊。音像製品則有錄音製品一萬三千種、錄像製品一萬五千種、電子出版物四千九百種。圖書總銷售額一千七十億。全大陸人均年購圖書達五點二冊。僅北京大學出版社一社就有一年人民幣四億（台幣十六億）以上的業績，相較之下，台灣顯然瞠乎其後了。

如此相較，當然不公平，兩岸人口及市場規模不相等，台灣自然不可能也創造那麼大的利潤。但此不足以爲藉口，因爲人民平均購書消費率，台灣就不比大陸好。讀書風氣不盛，出版市場如何活絡得起來?而讀書風氣不盛，不是政府鼓勵無方、教育出現問題及物流存在缺失所整體造成的嗎?再說，台灣出版業本來領先大陸三十年，整個製作水準、編製內容、營銷方法，都遠勝於大陸，爲什麼竟在這短短十年中被迎頭趕上?大陸書，如今不只賣得多，製作之精，更不乏勝過台灣者;其操作手法、製銷型態，也發展出許多新的模式;與國際合作交流之廣，更似在台灣之上。此消彼長，孰令致之?難道是台灣出版人忽然都回家睡覺了嗎?當然不是。那麼，此中就大有可以檢討之處了。

寄語新聞局，不要仍在追究國民黨黨產上打轉。逼迫國民黨退出媒體，其實只有政治意義，整個台灣新聞、出版之蕭條或萎縮、落後，不再具競爭力，才是重大的問題。明年初的台北書展，刻亦須開始籌備了，如何辦好，把國際華文出版中心的地位重新拉回到台北，才是業者及多數民眾所關心的。

二〇〇四、九、九

旅行者的哀傷

今日在《自由時報》發表一文：

承德一帶，於燕晉之際，即有山戎活動。山戎後衍爲東胡，燕築長城，防備的就是他們。秦漢時，東胡分爲烏桓與鮮卑，爲匈奴所制，匈奴掌轄之地區，分爲左右中三部，分別由左賢王，單于自己和右賢王負責。

承德一帶，秦漢設漁陽郡、右北平郡，但實際上卻被左賢王所控制，胡漢作戰的主要戰區也在此。故我們看邊塞詩或閨怨詩，老是說：「打起黃鶯兒，莫教枝上啼，啼時驚妾夢，不得到遼西。」或「但使龍城飛將在，不教胡馬度陰山」之類。龍城，即盧龍城，右北平郡，後乃成爲邊塞之代稱，可見古人看待此地，已有將其典型化之態度，視此地爲胡漢衝突的典型地區。並不像我們現在想到與匈奴的戰爭，就想到蒙古草原或西北沙漠那一帶。

而且，漢代後來在西北方逐步取得勝利，匈奴勢力潰走歐洲，可是東部遼陽一帶，漢軍卻是逐漸退守。雖然曹操曾擊敗烏桓，但隨後鮮卑勢力大增，竟建立了北魏政權。

唐代於此設鎮駐兵，可是軍將仍多胡人，以致「漁陽鼙鼓動地來，驚破霓裳羽衣曲」，整個國家幾乎被安祿山等東北方勢力所顛覆。待契丹崛起，建立遼政權，更是把東北華北都納為其屬地，遼的中京道就在承德一帶。由古北口起，到中京，經承德境內四縣，則設有十一個驛館。據北京出使遼國的蘇頌說，那時此地：「農夫耕鑿遍奚疆，部落連山復枕崗。種粟一收饒地力，開門東向雜夷方。田疇高下如棋布，牛馬縱橫以谷量。」，似是農耕甚盛，並不如我們想像的是塞外荒寒、惟賴牧畜之景象。

遼被金滅了以後，金人將都城遷到燕京，即今之北京，稱為「中都」，以與上都相對。蒙古建元，忽必烈亦都燕京，改名「大都」。承德等處自然都是京畿重地。元朝滅亡以後，明初本來在承德等地設了七個衛，可是成祖又將七衛都撤回長城內，長城以外遂成了蒙古人的游牧區。後金天聰二年，蒙古察哈爾、喀喇沁二部降服後金，承德一帶，也就轉由金人控制了。

現在到承德，想打聽一下這些滿清前史，幾乎是不可能的事了。鋪天蓋地，都是康熙乾隆，似乎自開天闢地以來，承德就只有滿清皇族在此活動過，一切事務，都繞著他們轉。一入承德市，就是康熙大帝的青銅騎馬塑像，承德縣則是一尊乾隆。酒廠，名「乾隆醉」；酒，名「山莊老酒」。店招街坊，充目塞耳，皆是此類意象。一座歷史文化名城（起碼當地人或旅遊單位如此自命），竟然去歷史化到此等地步。

因此，到承德旅遊的人，幾乎不可能知道該地的歷史與文化，只曉得清朝皇帝曾在此避暑和打獵。

而就是清朝皇帝遊幸的事，旅客們也是僅知其一不知其二。彷彿清帝就只建了這麼一座避暑山莊，不知這一路上，自古北口到木蘭圍場，有行宮幾十處。僅康熙四十年至乾隆年間就建了二十座。由南往北，依序爲巴克什營、兩間房、常山峪、鞍子嶺、王營子，樺榆溝、喀喇和屯、熱河、藍旗營、二溝、釣魚台、黃土坎、中關、湯山、什巴爾台、波羅和屯、張三營、唐三營、濟爾哈郎圖、阿穆呼朗圖諸行宮。

可是這些行宮，不惟遊人不知，各地政府也不重視。承德縣內的湯山行宮，康熙曾去過二十幾次，溫泉甚美，行宮依原有龍尊王佛廟修建，也很有特色。但一九八五年便被改建爲地區榮軍療養院了。現在去承德旅遊的人，大概在任何旅遊資料中，也都找不著建議你去觀光該處的文字。

行宮之外，就是圍場。如今置有圍場縣，遊客往遊，則都被旅行社載至塞罕壩機械林場去騎馬、漂流一番，以體會昔日清帝秋狩景況。

這也不知從何說起。當年的圍場，位於「蒙古各部落之中，周一千三百餘，東西三百餘里，南北二百餘里」，南抵承德府界，北至巴林，東至喀喇沁旗，西抵察哈爾正藍旗界，遠比現在的圍場縣大，且多在蒙古境內。內設大小七十二圍，相距二三十里不等，以山區爲主，也並非在草原上行圍。塞罕壩則是在一九六二年才建立的林場。人工造林十五萬公頃，固然壯觀，但跟古代的獵場有什麼關係呢？

何況機械造林，呆板之至，毫無天然山林野趣。大片面積植單一樹種，根本也不利動物繁息。所以當年康熙乾隆獵到的熊呀豹呀，如今已絕不可能生長在這樣的林地裡。旅客被安排去漂流、去百花坡看草原、去唱卡拉OK，更不知與「圍場」之義何干？徒取媚俗，聊供嬉鬧而已。

媚俗的東西多著呢！我登魁星樓，見門票上印著「全國最大的道教活動場所」，就搖頭暗哂。見其宮門照壁上大張狀元榜，把縣內高考前三名的人鐫名榜上，更是搖頭。樓內供福、祿、財、安、壽、喜、樂、和八神；弘文殿繪祀主張非樂的墨子、建議焚書的李斯，則愈見其不倫不類。這樣的廟宇，跟在塞罕壩林場草原上居然設有財神廟一樣，不是擺明了來斂財的嗎？投合人眾貪財好貨、爭名求利之心而做的各式建築，也就因此而透著一股俗惡之氣（該樓亦非古蹟，是一九九六年才新修的）。

去小布達拉宮，更令人氣結。此乃外八廟中最大一座，名普陀宗乘之廟，係仿布達拉宮而建。遊客如織，嘈雜不堪，已乏清淨道場之感。寺內又到處在做買賣，或賣藏香、或賣膠捲、或賣俗劣工藝品、或拉遊人照相。賣貨之女子穿戴則千奇百怪，或頭著新疆維吾爾小帽，鬢垂古遼人絨線披，上身白族罩袍，下襬牛仔褲，足趿露趾高跟鞋，或某某其他名色，五族共和，不知所云。牌坊以北，有白台數十座，台內建有罡子殿。原爲僧舍、佛堂，現闢爲展覽室。展什麼呢？十殿閻羅、濟公羅漢等。

進人主樓大紅台，正要由御座樓轉入萬法歸一殿，卻聞樂音大作，震耳欲聾。聽之，則非梵音、非佛號，非藏、非蒙、非滿、非漢，乃是新疆一隊歌舞團正在那兒大跳肚皮舞哩！

避暑山莊情況稍稍好些，但也好不了太多。九十年代新修的文園獅子林，直是俗劣難名。兼有許多兒童大人在池中嬉耍，捕捉蝌蚪，或在假山上跳擲竄躍。頤志堂、清舒山館間還設了個遊藝場，射槍與電子遊樂器的聲音喧噪入雲。宮殿區，乃清帝每年三分之一以上時間在此處理政事的地方，而相關介紹，徒騖謏聞，完全不及朝政宏綱與經謨典制。焦點只在康乾與慈禧身上，其他帝后也幾乎成了隱形人。萬樹園，樹已斬伐略盡，弄了一大堆假的水泥蒙古包，圈成度假村，亦是獰俗不堪。金山，英文拼寫錯誤。石鼓，呀，我聽到一名導遊說：「各位，這些石頭就叫石鼓文。刻在牛甲龜骨上的叫甲骨文，刻在石頭上的，就是石鼓文啦。上頭都刻了些什麼呢？刻著皇上去圍場打獵的事呢！……」

看來這些人的腦子裡只有皇上，且只有滿清的皇上。所以才會說周朝的石鼓上竟刻著清朝皇帝的事，讓張飛大戰了岳飛一番。普寧寺寺裡還布置著一條普寧街，專售土特產以及雜技民藝之屬。售貨員穿著清朝服裝，見遊人至，則皆唱喏，曰：「大人萬福。」燕語鶯聲，已足令人毛汗；男人們也一句句大人萬福，益發不知是何道理。皇上遺毒，遂令人爭相來此扮奴才乎？

「世界文化遺產」，已被糟蹋至此，則在街上看見大紅布條寫著「本店新推出二嫂開苞豆腐」之類廣告，也就不必太詫怪了。

旅行，常是爲了增廣見聞。但如此見聞，見之聞之何益？愈令我傷世、悼俗、憫今人、而思古昔呀！

二〇〇四、九、十五

北京病中偶感

自南京返北京，業已二週，上了兩次課。中國文化史，由人之體氣飲食處講起，聽講人數太多，遂喊破了喉嚨，咳嗽不已。繼而頭痛。蓋南遊時已感冒，如今勞累太甚，乃一發不可收拾，委頓了好幾天。

病中偶感，略誌數事：一是電腦。學生要上網，須去申請、交錢，若想上「國際網」，還須另算費用，大抵非學生所能負擔。這是台灣大學生所不能想像之事。原因在於：某些地方，台灣像社會主義國家，教育資源具有社會福利性質（例如我們的教育部學術網路）；大陸則大部分情況像資本主義社會，凡事無錢莫辦。而也因爲如此，所以台灣大學生能享用的教育及社會資源，遠多於大陸大學生。

二、新聞。大陸是個言論不自由的地方，新聞及出版自由有待改善，但平時只知它在報紙與出版品上有管制，現在才體會到它封鎖網路上新聞的功力。不論上奇摩雅虎或什麼網，只要連結台灣新聞，立刻斷線。甚妙！治國者不用心於爲人民開創福祉，而花氣力在這些地方，眞不知腦袋怎麼想。

三、學生。北大的學生與台灣絕大不同之處，是用功。上課前半小時，教室大概就已坐滿，遲到者搬桌椅，再晚就鵠立窗邊、廊道或貼著牆站，各自靜靜看書。所以不看講桌，還會誤以爲正在上課。而旁聽風氣甚盛，學生沒課時間也多去聽講，故輒人滿爲患。台灣呢？選了課還懶得去上哩，誰去聽課？拜託學生去聽演講，學生也老覺得你好像要騙他的錢。上課則姍姍來遲，瞌睡、吃零嘴，靡所不至，風氣實在不同。我女兒在歷史所上課，初不知此地狀況，上課準時去，結果根本擠不進教室，只好廢然而返。回來向我抱怨，我說：「台灣經驗不管用啦！客倌明日請早！」

四、學校。北大的行政、組織、制度、管理，至爲鬆散，甚至紊亂。亂中有序之故，在於自治。上不上課，沒人管；去不去教，也沒人問。在哪上？自己查；要做什麼？自己想。老師不上班，也無研究室，都在家裡，也未必開課。系所也無一定之方向、架構，反正學生自己努力便是，有事逕去找老師。頗得「勿刈勿伐，草木怒生」之趣味。我們佛光大學，現在變成這個樣兒，恰好可以提倡這種自治之精神。因爲團體性的目標與理想已難維繫，與其勉強整合、協同共趨，不如自治、自學、自理。大陸的基督教會，號稱「三自教會」，我也舉此三自以爲說，同學師友，當不以吾言爲河漢！

二〇〇四、九、二十

北京之秋

今日似是秋分。

北京的秋天，氣爽天高，只要不下雨，便是韓偓詩所謂的「已涼天氣未寒時」，感覺甚美。因未寒，故校園中隨處仍可見到女孩兒們露臂、露肩、露腿、露肚，逞其青春、肆其風情。那日我下課歸舍，迎面見一少女走來，上衣太短，褲腰太低，遂露出一截肚皮。可是因爲胖了，所以肚上的肉擠出了許多線條，跟肚臍配在一塊，活像一張人臉，走起路，肉就抖動起來，彷彿不斷地擠眉弄臉，看得我哈哈大笑。呀，這就是北京的秋天，距離大家穿毛裝的那個時代，遠了。

與舊日不同者甚多。學者從前是賤業，有順口溜曰：「造原子彈的不如賣茶葉蛋的，拿手術刀的不如動剃頭刀的」，如今已不然。學者待遇平均已屆中產階級，優秀有名氣者，到處搶，價碼更是隨便開。來過佛光的南京大學朱壽桐，近已被廣東暨南大學挖去。北大任定成，山西開價年薪×萬，只去兼課便可；南京東南大學也與他聯絡，說是條件由你開。各地搶人大戰，慘烈如此！學校爲免人才被挖，當然也要提高待遇。北大最近就準備聘一批「長江學者」做特聘教授，待遇從優。因找我做評審，我才知其他學校也是如此的。再想想，南京師大找我做講座教授，不也是如此嗎？

另一種與舊日不同處，是對傳統文化的態度。上週人民大學孔子研究院配合教師節舉辦「孔子月」，邀我去參加開幕。該校孔子研究院乃一級單位，猶如其工學院、文學院，且以校長爲院長，可見準備大幹一番。輔以傳統文化研究中心、基金會，準備編《海外儒藏》。此次則獲「北京四海兒童經典導讀中心」之資助，辦此活動。

台灣的兒童讀經，傳到大陸，就變成了「經典誦讀工程」，像希望工程那樣，大張旗鼓，如火如荼。從教師節（大陸是九月十日）到十月初，因孔子誕辰之故，這類活動還多得是。如我週五就要去山東，參加一連串祀孔、論孔、看人尊孔之活動。十月初返北京，還有國際儒學聯合會的大會。凡此等等，在過去是不能想像的。

我在人大，看見這個從延安遷過來的紅軍大學，校園中矗立著孔子塑像，眞是感慨萬千。在北大，每週末，校園都會有攤販來賣書，形成書市，多有舊籍。我曾見過一本「北大哲學系工農兵學員」編的《論語批判》，大罵孔老二。如孔子說：「有朋自遠方來，不亦樂乎！」批判就說此乃拉攏來自遠方的反革命黨羽云云，讀之噴飯。如今，北大卻也在編《儒藏》啦！

二〇〇四、九、二十三

悲傷的鐵路

今日在《青年日報》發表一文：

遊萬里長城，遊人最多的是居庸關、八達嶺、南口這一線。但因目的地都是長城，故在居庸關只是小憩暫駐而已。燕京八景之一的「居庸疊翠」竟淪爲配角，雄關有知，當感滄桑。且長城的意義在於防堵，關的意義在於交通，兩者殊不相同，並不能只由長城這個角度來領略居庸關的價值。

此關北齊名納款關、唐名薊門關、元代才叫居庸關。爲出入北京之鎖鑰。附近青龍橋一帶，尤爲兵家必爭之地。但防邊重鎭也不是毫無別樣風光的。例如遊客們大概就不會想到那兒還有一座李鳳墓。李鳳即明武宗微服巡幸大同時遇到的酒家女鳳姐。當年林黛演過她，《江山美人》電影中的唱段：「我哥哥不在家，今天不賣酒……」可謂家喻戶曉，傳唱迄今。武宗讓她來京，但走到居庸關竟病歿了，就地安葬於此。墓草灰白，故名「白塚」，與昭君之青塚，俱爲奇觀。

但青塚與白塚其實都不代表旖旎，而代表了哀傷。居庸關前的鐵路，及它所紀念的詹天佑，也一樣代表著哀傷。

我國有鐵路，始於同治五年上海的淞滬路。距鐵路之發明，僅五十年左右，跟世界其他國家相比，並不算晚。不過該路係英國人所築，國人皆表反對，結果花了二十八萬兩銀子買回。買回來幹什麼呢？買回來廢置。到光緒八年才又有商人築唐山到胥各莊，長八十里，故亦有人認為這才是國人建鐵路之始。其次就是劉銘傳在台灣修的鐵路，乃政府建路之始。此後一直吵吵鬧鬧，爭議不斷，毫無建樹。迨十六年，東三省邊事日亟，才準備修關東鐵路，由唐山出山海關，至瀋陽、吉林。

中日甲午戰後，外人窺伺越烈，都爭相來搶開路權，朝野逐漸省悟，乃咸以鐵路為當務之急。初以借外債築路為主，嗣則主張自辦，《三水梁燕孫先生年譜》云：「甲午戰後，鐵路總公司廣借外債，訂立合同，以建築管理主權拱手授人，啓外人攘奪路權之漸。光緒三十年以後，國人始一致主張拒債廢約，籌款收回自辦。一時各行省設立公司承辦鐵路者，有十三省之多。」即指此事。

可是鐵路自辦，說易行難。一、無全盤之規畫，無一定之辦法，孰先孰後，孰枝孰幹？聽任各省自己搞，結果錯亂歧分，成效不彰。二、各省情況差異又很大，有些省富、有些省窮，廣東有錢而士紳不熱中鐵路，湖南湖北則集款無著。三、缺錢的地方，就設法以租股的名目，田畝帶徵，以充路款。弄得民怨四起。四、途經偏遠地區、將來營運效益不佳之地，最需鐵路，又無人願意投資。弄來弄去，本擬築路以富民強國，結果是建路而弱國窮民。四川倒帳甚多，追討無著；廣東收股過半，而造路無幾；湘鄂則開局經年，坐耗糜費。

這該怎麼辦？只好收歸國有啦。

收歸國有更慘。商人已投入之商股、老百姓交的民股，一時俱化烏有，或縮水虧耗一半左右。

因國家並無力量全數買回，只能折價或長期攤息。如此，便等於向人民奪產，所以川、湘、鄂各省激烈反彈，相約罷市、罷課、抗糧、抗稅、抗捐、發布自保商權書、設光緒靈堂哭鬧……。清廷對此，又不知撫，只知剿，派兵鎮壓，與各地民團大戰，終致軍隊嘩變，武昌起事，而清朝也就完蛋了。

一個朝代，尤其是像清末那樣惡劣的環境，居然不亡於敵國外患，而亡於鐵路，說來實在令人匪夷所思。但這只是我國鐵路史的內政篇，鐵路史還有外交篇呢！

我在大學畢業後，有一陣子因要研究晚清詩，特別是鄭孝胥、陳曾壽這批遺老，頗涉及僞滿史事。張眉叔師寫了個片子，命我往謁王開節先生。王先生住在北市金門街口，我常於夜飯後去請教，燈下論詩文、說掌故，言無不盡。先生曾為俞大維先生記室，坊間俞先生之題字，大抵皆出先生之手，故於書法文翰，對我指導甚多。他抄輯的周棄子先生詩集，也送給了我。

今年夏間，我在一書局挑揀舊書，忽見一本先生所著《中國近百年交通史》，是他送給中央日報編輯部資料室的，民國四十九年版。我查了後面的書卡，看來此書在中央日報資料室中從來沒人借閱過。如今，該報業務緊縮，經費裁抑，昔日推翻了清朝的國民黨，又把政權弄丟了，報社不復往日，乃把這些資料全清了出來，如當年清廷把內閣檔案丟了出來一般。內閣檔案，有羅振玉撿拾了；這批圖書，則散入書肆，由我挑揮。因緣偶合，王先生這本書竟以此被我買了回來。一時棖觸，回首已在廿五年以前了。

鐵路史的外交篇，王先生這本書就寫得很詳細。一般人不會去看鐵路史交通史，故對鐵路與外交，大概無甚概念，但只要想想日本侵略東北，與其南滿鐵道部的關係，就可思之過半了。

在如此這般反映著近代史上內政與外交之困局的鐵路中，經過居庸關的這一條，由北京通往張家口，或許是惟一可讓人略展愁顏的。

建此鐵道的，就是我們熟知的詹天佑。他建這一線，絲毫不假手外人，因此是晚清民初自辦自建的典範。而且，用的是京奉鐵路的餘利，時間僅三年多，花費又特別省。凌鴻勛先生撰詹先生年譜時替他算了一下，當時滬寧路平均每公里要十二萬三千銀元左右，京張路只用四萬八；工程時的總務費用，津浦線平均每公里一萬銀元，京張線只用三千一百元，大約都是其他路的三分之一左右。等路築好，竟比原預算還減省了三十五萬六千餘銀兩。這樣修路，無怪受人尊敬！

詹天佑是第一批送去美國留學的學童，立了「倘有疾病死亡，各安天命」的切結書出國。返國後，學非所用，只得在水師學堂服務。後來才漸逢機緣，投身於鐵路事業，京張鐵路這一段，是他最有名的建樹。可惜中國之大，僅一詹天佑而已。一詹天佑也無補於全局之糜爛。我讀小學時，課文中即有一課述說其人其事，以申發達民族事業之思，希望國家多出幾個詹天佑。如今政府戮力於「去中國化」，不知詹先生之景行尚能保存在教本中或人們腦海中否？

二〇〇四、九、二十三

沂水依舊

乘夜車，由北京，經滄州、德州、濟南，抵兗州，天才破曉。四野荒寒，玉米田剛採收完畢，一地的枯枝敗梗，倍增蒼涼。走出月台，出口還用大鎖鏈住，喊醒站務員起來開鎖，才能走出車站。

昔年孔德成先生逃離曲阜時，孔府有清朝所贈「商周十供」，即十件青銅供器，本來也準備運到台灣的，但只運到兗州這個車站就被截了回去。故今日遊此，別具感觸。

曲阜師大派了車來接。該校另掛一牌，曰「孔子文化大學」。此次係與韓國成均館大學合辦，成均館派了上百人的團來，聲勢浩大，還準備在杏壇劇場演出大型歌舞劇《孔子》。看來尊孔比我們還起勁。

會議內容，照例是沒啥好說的。曲阜師大，號稱有書二百六十萬冊，且多地方文獻，很想與我們合作，但我不想代佛光大學簽約，也不想攬事，免得又被人說我打了誰的旗號，故只答應他們代向北大談點合作的事。

會中溜出側門，逛了逛市場，喝了碗羊肉湯，甚妙。曲阜現在到處都是孔子。街上建了孔子經貿商城，店裡賣孔子香菸、孔孟煎餅、孔子暖氣片，孔府家集團則賣白酒、葡萄酒。惟獨在市場裡看見有一攤賣「武大郎燒餅」，一元五個，令人倦眼乍明。可惜吃不下，否則當買個十斤八斤，以示支持。

以上是昨天的情況。昨夜孔子研究院來接，故又轉至該院住。今晨往參觀，建築不俗。江澤民題匾，不敢落款，很不錯，曉得輕重。但院中竟展覽毛澤東像章，則大大不妥。此應改置他處去展，而研究院無研究，也亟應改進。

下午無事（我明天才要在孔府演講），我一個人溜出去把曲阜市逛了個遍。舞雩台僅存一土堆，周公廟半個遊客也無。庭園寂寂，我走進去，驚起一院倉庚、野雉、黃雀，毛羽繽紛，如入夢境。這就是「孔子入太廟每事問」的太廟呀！廟內存宋元以來刻石數十方，一一看去，忽見一殘石，上刻一詩：

萬惡四人幫，十年逞逆狂。少昊像顱碎，魯故城拆光。
三孔大殿毀，周廟受遭殃。賊罪臭千載，歷史誅巨奸。
首兇陳伯達，作倀譚厚蘭。留此殘石在，鐵證代代傳。

詩意淺顯，不用注釋。這就是曲阜。從前痛遭破壞，如今，孔子文化節大慶祝特慶祝的曲阜，街上公安的車比計程車還多，因爲據說有大領導來了。撫今追昔，令人感慨難名。惟有路過沂水時，我跑去河邊看，逝者如斯，依然不捨晝夜。現在的人，不像孔子那般「浴乎沂」，但仍在那兒垂釣呢！

二〇〇四、九、二十六

寂寞孔孟

二十六日夜，展開孔子文化節開幕式，場面盛大，我做貴賓，早一個小時就被命進場，檢查啦、排場啦，嚇死人，但節目無趣。開幕式這個講話那個講話，半個多小時。爲了等中央電視台特播，全場還冷場枯坐四分鐘。節目呢？哈哈，孔子文化節，凌峰插科打諢；費翔唱歌；宋江武術學校打拳；韓國人唱阿里郎；維吾爾族唱達坂城的姑娘，如是等等等。本來還有徐懷鈺的〈我是女生〉，幸而未來。台上翻翻滾滾，如運動競賽，又如服裝表演，聲音則震耳欲聾，夾以煙花火砲、鋼絲、噴金紙等等，正應了那句古話：黃鐘毀棄，瓦釜雷鳴。

看來大陸還不懂得如何尊孔、如何紀念孔子。此次盛會，固然也辦講學、開研討會，有世界思想家巔峰論壇，但據我體會，都不怎麼樣。省市各界倒不乏想藉此做生意之心。孔子文化節開幕，就搭了個「世界旅遊日中國主場慶祝式」。此外則有中國專利高新技術產品博覽會、中外知名企業聯誼及經貿懇談會、海外聯誼及經貿懇談會、孔子文化節經貿合作項目簽約式……等。孔子說：「富貴如可求，雖持鞭之士，吾爲之也；如不可求，從吾所好。」現在，曲阜人把這句話讀反了。

胡錦濤已下令，要在曲阜、鄒城間，建一座東方聖城「中華文化標誌城」，儼然梵諦岡一般。我聞之，憂喜兼具。孔老夫子，只怕又要成爲招商引資的掮客了。

二十七日上午去孔府演講，孔府設「孔子學術講堂」已十五年，每年請二位他們認爲重要的儒學代表人物來講，掛起孔子像。講堂布置得像我們南華大學，桌椅仿明代書院式，主講人持木鐸而講。在孔子像前，本也不敢亂講一通，講畢，他們還把主講人照片刻在牆上。今年是我與香港孔教學院院長湯恩佳先生。原本另邀了一人，臨時打了退堂鼓。湯先生是孔教傳教士，熱情可感，我則說了「生活的儒學」到底該怎麼辦。

下午，我跑去鄒城，看了孟廟孟府。門庭寥落，車馬稀疏，與孔府孔廟沒法子比。鄒城博物館亦未開，嶧山鐵山崗山諸石刻俱不得見，憾甚！人皆知曲阜，而不知鄒城，可悲。此地不僅有孟子故跡，更有大汶口文化以下秦漢隋唐古物甚多，欲知其詳，將來看我的旅遊書籍罷！

自鄒返，往壽丘，軒轅黃帝出生地也。一片荒澤，滿庭亂草，僅存二碑，矗立斜陽。

碑爲全中國最大，亦即世界最大。宋徽宗刊，無字。其歷史，說起來甚複雜，也就不用說了。由壽丘背後穿過去，走到少昊陵。我十六年前來過，有紀遊誌感。今日見之，猶如曩昔。感嘆也不知應如何說起。唉，看來我要約束約束我的感情！一路上可嘆可慨者太多，都要感慨起來，那還了得？

二〇〇四、九、二十七

雄秀

今日在《中央日報副刊》發表一文：

古代造園名家甚多，當代論園冶，大陸僅知陳從周，我則推崇程兆熊先生。程先生原學數理，後改園藝，又學造園。學成之後，因無片土，頗有莊子所說去學屠龍之技的人，學成而世上已無龍，遂無所施用其技之感，只好寄情文史。與新儒家牟宗三、唐君毅等在香港辦刊物、講學，以草木花卉言性情之教，影響深遠。

程先生論園，頗薄清代園林，謂清代乃造園藝術之下墮期。皇家園林，若避暑山莊之模擬、圓明園之夾雜、頤和園之鋪排，俱不入品裁。

他說得很對。今人福薄，不能再看到古代的園林之美了，能見到頤和避暑，便以爲天下之美盡在於是，故不免爲程先生所哂。

但若不以清朝這些園子爲典型，那就只能從文獻資料、詩詞畫本中去揣想古代的園林和造園思想了。程先生走的正是此一路數，欲復吾國園林藝術之眞精神，找出向上一路。可是我認爲用文獻資料跟清代這些園林相互考證，以追躡古人治園之奧，也不是絕對不可行的。清代這些園林，乃因此而具有一種參照系統的作用，亦不可全然抹殺。

其次，皇家園林不論如何，都有一大功能，足破談園治者的拘墟之見。什麼拘墟之見？園之性質本極複雜，以西洋分類來說，有狩獵圈、聖林、實用園、裝飾園、僧院園、別莊園諸種，山居或苑圃也各不同。可是古代所謂玄圃、靈囿、上林、華林等帝王園苑俱已不存；山林別業，如輞川、平泉、晉公等亦弗可考矣。現在能看到的，只有蘇揚一帶的城市園林。在城中起造園林，受地形限制，只好發揮納須彌於芥子的手段，縮天地於壺中。

大家看久了、看多了這類園林，遂以為中國園林之特色就是如此，乃拚命就此闡述發揮之，講得天花亂墜。比如我手頭有本省博物館刊行的《清代工藝史》，裡面談造園的理念，便說中國園林造景意匠有三個原則：「閉塞中求敞、淺顯中求深、狹隘中求險。」這就是被城市園林給騙了。

這些原則，其實只適用於城市的園子。要在方寸之地起造千巖萬壑，自然需要如此。但此乃齲以為美、僂以為直之法，不是所有園子都得這樣的。試問皇家園林百千公頃，何須閉塞中求敞、狹隘中求險？恰好相反，它們要做的，是反過來，於宏闊中見幽邃。一如城市園林，要在平地造山岳，擬象自然；而它們反而要在自然山野中綴以人巧，治補造化。手段、眼光都不一樣。因此，清代皇家園林固有鋪排模擬之弊，但足資對照，以開豁造園者之耳目心胸，作用殊不在小。

又或許，軒敞雄秀，本來就是北方園林的特點，與蘇揚園林不同，不只皇家園林如是。如海淀之李家畹園，後為步兵統領李懷慶別墅，據《帝京景物略》說：「園中水程數里，嶼石百座，喬木千許，竹萬計，花億萬計。」看來也是雄秀可觀的，非小蓬萊小壺天之格局。

武清侯別業亦然，《澤農吟稿》云彼「引西山之泉，匯為巨浸，繚垣約十里，水居其半……牡丹以千計，芍藥以萬計。」這個園子，就在現在北大旁邊。

名園之小者，似僅有米仲紹勺園。米氏另有一園，在德勝門積水潭東，名漫園；勺園則又稱米園。依明人王思任題詩「夢到江南深樹底，吳兒歌板放秋船」考之，似是江南風格，園之小也相似。但《春明夢餘錄》謂其「園僅百畝，一望盡水。長堤大橋，幽亭曲榭，路窮則舟，舟窮則廓，高柳掩之，一望彌際。」則風格仍是雄闊的。

清華園闢爲清華大學後，燕京大學也在海淀建校，用的也就是勺園以及清代王公的蔚秀、承澤、朗潤等園。早期各校校園頗賴名園之山川清氣以陶冶人才，嗣後卻因校務發展之需，盡斲園林風采以遷就業務。改易格局，塡塞湖渠，破山築路，拆棄閣亭，以建現代工廠式的寮舍教室，因此園林舊貌，均已邈不可尋。想要追味曩昔，體會園林之美，除了仍去三海、頤和園等處，還能怎麼辦呢？

北京園林還有一特色，特色在水。

如前面談到的畹園「水程數里」，武清別業清華園「水居其半」，勺園「一望盡水」。皇家園林亦然。三海不用說了，既名爲海，自然以水爲主。其地本爲元代的西華潭，明代稱爲金海，清以金鰲玉蝀橋、蜈蚣橋隔爲北海、中海、南海，依水建爲島嶼亭堂。乾隆曾題其地曰「太液秋風」，爲燕京八景之一。圓明園頤和園等，則都選擇建在海淀西山一帶，爲的也就是利用玉泉的水。圓明園周圍七十里，水占大半，乃是就本有的濕地池川，闢爲大小湖泊，再在島與池，池與池間狹窄土地上，配以殿閣台榭，以爲點綴。頤和園更明顯，水面居四分之三，僅利用湖、岸、島、堤，構建廊殿閣館。就是建在山中的承德避暑山莊，景亦在水不在山。康熙自己的詩說：「水上起樓台，湖面平如鏡，春風吹柳條，遠與山光映。」他所定第一景也是「煙波致爽」。

遊這些園，都應擺脫陸地觀點，須以水為中心去看其岸嶼島堤，而非在陸上瞧水。是遊湖而非走山。

江南園林，未嘗不重水。但一來造園之藝，以營山為勝，或疊石、或積土、或單賞畸石，以見意匠經營之奇。二則園中之水，類以小景為多，重在泉、澗、曲水、流瀑之用。主景在水者，其水大抵也只能稱為池或沼。如拙政園之為湖者已甚罕見，遑論煙波！故遊園皆是賞泉石，以領略山居之趣；非遊江湖，以寄煙波之想。

詩云：「蒹葭蒼蒼，白露為霜，所謂伊人，在水一方。溯洄從之，道阻且長；溯游從之，宛在水中央。」此境，如今惟可於北京園林求之。想那年王國維先生坐在頤和園昆明河畔沉思，然後跳入湖中，「隨彭咸之遺則」時，或亦有此心情。

二〇〇四、九、二十七

祭孔謬聞

二十八日參加祭孔。這是生平所見最爛的一次祭孔典禮。

此次祭孔，意義重大，因爲由政府官員主祭，代表政權對道統的尊崇，所謂「道尊於勢」。中國歷來傳統即是如此，自劉邦祭孔以來皆然，台灣亦仍存此禮意，大陸則今年才第一次。目前大陸官方仍掛著馬列的招牌，如今藉祭孔，表達了在文化上「認祖歸宗」，當然意義重大。

然而，祭孔典禮，場面一點兒也不莊重，人員雜遝，亂如菜市場。我在大成殿裡面往外看，大吃一驚，怎麼牛尾巴豬屁股正對著孔子像呢？原來他們把祭品放顚倒了。牛羊豬三牲上供，供給神吃，當然應頭面正獻神座前，如今，卻倒過來，所以孔子就只好瞪著牛尾巴豬屁股了。

祭場未淨場、祭禮不正供之外，祭器，孔廟原有祭器都沒用。祭樂，孔廟本有樂器、本有祭孔雅樂，也一律未用。露台上放了小半座仿曾侯乙編鐘編磬，樂生著清代官服來吹笛吹笙一番，然後再用擴音器咿唔亂鳴了一番，完全不倫不類。

祭祀之禮生，更妙。先是穿灰衣、著長冠的人一堆上台，拱手做孔子狀。說是漢代文士打扮，代表學生敬孔。接著衣服上印著漢字的一批婦女上台，長髻高聳，上橫一杆，飄著八條帶子。再上一批清官服樣的人，跳起不像佾舞的佾舞，不但生硬錯落，舞具上還套上七彩絨球。然後又上一批女人，又是戲裝……。

這是祭孔，還是舞台劇？舞台上，就可以這樣亂穿亂編嗎？司儀穿一套太監服。太監能祭孔呀？而這個太監，居然還穿著代表文官一品的白鶴補服，這是什麼？打鼓的樂手，居然也頂戴花翎。禮生樂生，則竟然有朱紅、水藍、碧綠諸服色，清朝有這樣的服制嗎？人人都著白鶴補服，亦令人不知所云。

凡此等等，不可殫述。總之是令人喪氣乃至憤怒。須知祭孔大典非比尋常。觀眾中，有懂的，例如韓國日本來此祭拜或觀摩者甚多，人家可是規規矩矩每年祭孔的，心懷虔敬，遠來此地，看你亂搞一氣，心中做何感想？觀眾中自然也不少看熱鬧、不懂的人，看了這胡說八道的表演，豈不真以爲祭孔就是如此？其貽害文化教育，豈待言乎？

我越看越生氣，索性不看了，請文物局趙局長帶我去看孔廟舊存的一些碑刻。他很費了些勁，輾轉找了許多人，才開了門，讓我進去看了。空庭衰草，兩個石人佇立在草中，四邊石刻環立。啊，史晨、孔宙、乙瑛、禮器、張猛龍……這些老友都在這兒呀！我來看你們，順便洗洗眼睛來啦！

二〇〇四、九、二十八

登泰山

九月二十八又記

今年九月二十八，既是孔誕，又是中秋節。中秋該怎麼過呢？我決定一個人上泰山。下午抵泰山腳下，觀岱廟，然後趨車上山。至中天門，乘索道上南天門。到了已暮靄四合，但見雄山壁立於斜陽雲氣中，景象蒼茫。

宿在南天門風景區的管理人員宿舍中，四床一室，無廁浴。夜則與沒回家的管區員警們聚餐。飯畢，他們去巡山。我則把醬牛肉裹了一包，另包了四個月餅、一壺酒，乘月經「天街」上玉皇頂去對月獨酌。四山悄立腳下，雲高月亮，風寒砭骨，而興致甚豪，乃又往碧霞祠。此乃碧霞元君祖廟。廟門未開，我由側壁甬道竄入，坐殿前條椅上，聽道士做夜課。誦聲琅琅，夾以磬鐸，竟爾睡去。醒來已無人。遂出，拾階而下。月明四照，如在水波中行。

泰山平日總嫌人多，據云某歲「五一」假期間，山巔一日湧進廿萬人，飲水一杯，索價數十元，猶無處買得。惟今日中秋，都無人跡，獨行御風，眞如在廣寒境界。明日將再早起，上觀日峰，喚出太陽來。可惜台灣二千三百萬人，竟無一人有此奇也。

九月二十九又補

泰山爲五嶽之尊，雄古磊砢，自不待述，且說也說不出。自來形容泰山之詩文，讀時都覺神妙，能狀山勢，神理人情，亦曲盡其形容。臨景一看，才知說出者不過萬分之一，感會品味，時有超出古人形容者外。古帝王以此爲峻極、以此爲通天之孔道、在此封禪，確實有道理。古人以泰山府君掌人死後魂魄所歸，也有其道理。

但泰山如今也被糟蹋了。南天門原有一廟，祀三靈侯（唐宸、葛雍、周武），後改爲關帝廟，尚不失崇祀之意。現在卻供東岳大帝，左右爲王母娘娘、泰山老奶奶，配殿則係送子觀音，你說這是什麼玩意兒？

天街的明代石坊亦廢。整條街修整後，白雲洞、青雲洞都掩在底下，幾乎無法覓路前往。孔子廟，左右設招財、祈福二殿，壁懸金榜題名帳，供人祈願，又發行升學符，一派做生意的模樣。

玉皇頂更有趣。左右供太上老君、托塔天王；陪祭爲太白金星、巨靈神，完全不倫不類。殿左右本有二亭，一曰望河，一曰觀日，今二亭皆不存，闢爲商店，賣財神、觀音像。

這個廟，乃明成化年間所建，如今重修，台灣人出力甚多，殿角尚存一碑記，云乃宜蘭玉尊宮李炳南等先生來捐資修建的。但爲何修成這個樣子，我實在不明白，該問問陳怡君，讓她去請教李先生。我在觀望時，一道人披軍大衣，走過我身邊，我只聽到他喃喃自語：「佛不像佛，道不像道，#＊@※……」

名山多被整得不像樣，佛頭著糞，確如此一道人所感慨的。揮別這些感慨，我也由南天門走了下來，經十八盤、對松山、朝陽洞、雲步橋、五松亭、快活三里而抵中天門。

石階數千級，沿途摩崖刻字與山松雲泉，仍然十分可觀。亦可暫消看那些亂七八糟東西的不快。不過，心中依然感到困惑：爲什麼古人所製都好，而今人做的，就都俗劣不堪呢？就連刻石，今人，如李鵬那樣的字，也敢刻石，不恐怖嗎？

二〇〇四、九、二十九

濟南遊歷

近日遊歷，感慨較多，因此多寫了些。而所寫雖多，所談不外二事：一是喪失了文化主體性後，虛假的文化尊崇，反而會帶來更大的文化斲傷；二是觀光旅遊的文化消費，已對歷史文化形成巨大的破壞。在我看，這兩者合起來，其弊實更勝於文革。

這不只指對文化古蹟的破壞，還包含著對人性的摧殘。例如張家界（抱歉舉這個例子，只因由泰山下來，石階千級，令我聯想到昔年去張家界爬山的經驗），本是多麼純樸的土家族聚居地！但如今家家戶戶讓女兒煙視媚行，招客上門，從事性服務、性交易、性勒索。萬金川前二週由湖南返北京，夜中來訪，云甫從張家界天子山上下來，腳疼難耐，想覓一浴腳店，知情者告訴他：此地沒有「乾淨」的店。斯言或許過甚其辭，但這個小山村爲何會變成如此？這不是人性的扭曲嗎？我在珠海，見滿街遊女，飾容冶貌以求自售，尚不覺奇。見小女孩才七八歲，也來街頭向旅客兜售壯陽藥，眞是大吃一驚。曲阜濟南，尚未見此景象，但對人心的扭曲摧殘、對古文化的破壞是一樣的。

濟南，我於一九八〇年代即曾來過。當年仍是《老殘遊記》筆下的風光，千佛山、大明湖，小城修潔可喜，眞個是家家泉水、戶戶垂楊。如今，老城拆了、老火車站也拆了，城裡煙塵蔽天，大搞建設，看來也逃不出魔掌。

倒是城外小市鎭還不錯。二十九日中午抵濟南後，我立刻跑去明水。此地已屬章丘，我師于大成即章丘人，李清照也是。地多泉水，故曰明水。有龍潭、黑泉、百脈泉、梅花泉、漱玉泉、金鏡泉等，奔玉跳珠，泉湧如沸，爲生平所僅見。泉畔築李清照紀念館。館中資料據說是所有李清照館中最多的，但其實無甚可看，惟周邊雅樸可喜而已。因此地觀光客少，故仍保留了居民公園的味道，所以雖建得笨，卻不脫樸茂之氣。

三十日又往靈巖寺。此乃六朝古刹，林木盛美，亦饒泉石之勝。有宋代塑彩羅漢四十尊，梁啓超推爲「海內第一名塑」。我曾見過唐朝楊惠之所塑，故不敢說誰是第一，但總之是極好的。寺有塔，宋建；塔林，少林寺以外無雙，亦都好。尤其好在清幽。寺有蔡卞等人碑石甚多，因此我建議寺方編一搨本集，以供參證。文化嘛，總要實實在在做點事才好。

二〇〇四、九、三十

高教發展之憂

在濟南，住山東大學國際交流中心。此乃第二次來訪，距前次已在十五年前了，歲月可驚，舊識多已不在，山大也變了許多。

山大曾有輝煌的歷史，名師輩出，近年擴張更爲迅速，光在濟南，就有七八個校區，快要變成個托拉斯了。威海新校區據說還要堂皇。招生人數達五萬人，大約僅次於吉林大學。學校與世界各國來往也很多，校園裡掛滿了歡迎這歡迎那來參訪或開會的紅布條，該校校長據說也表示該校幾乎每天都有外校校長在彼處拜會。

我曾在此校圖書館讀過書，對這所學校，自然有些特殊的感情。但匆匆聞見所及，對其發展卻不免有些憂慮。覺得它發展的方向有點輕重不分，發展的方法則有點本末倒置。

何以說它發展的方向輕重不分呢？該校建校百餘年，強項乃是文史哲。不但過去如此，就是現在，該校四個國家基地，也全都在文史哲方面（文藝美學、周易與中國古代哲學、猶太教與跨宗教研究、社會主義）。可是現今學校發展，無論建築、設備、空間、經費乃至運作模式，卻似未能彰顯人文大學的氣質，反而向工商科技傾斜，我以爲這是極可惜的事。不能用其所長，而與一般世俗大學看齊，不免輕重不分了。

何以說它的發展方法本末倒置呢？該校也與其他學校一樣，搞評鑑、定標準，以SSCI、SCI、CSCI之類指標來定職稱、調薪資，要求每位教授應出多少論文，應爭取多少項目……。這些，都是教育部那些不懂教育的人胡整出來的辦法，跟台灣一個樣兒。

爲什麼弄這些是本末倒置呢？要求一位教授每年要出多少成果、有多少業績則給多少獎勵，用孟子的話說，就是：「不揣其本而齊其末」。學校要辦得好，老師和學生都要有好表現，本務是什麼？就是努力改善其研究環境，讓每個人都能很方便地利用圖書館，學校有豐富的研究資源，並養成全校之研究風氣，如此，教師之研究成果自然就好了。不此之圖，只要求老師們交成果，如何交得出？用一點錢去鼓勵競爭，製造人與人的紛爭、嫉恨、奢欲，結果一定是製造了一堆垃圾論文、計畫，而人心全搞壞了。台灣這些年，不就是如此嗎？大陸現在由教育部帶頭，重蹈此覆轍，山東大學只是一個受害者。我見它無力抗此頹波，不免要爲之擔憂。

在國際交流中心，要發傳眞回台，索價一頁人民幣二十元。如此，何能奢談國際化乎？國際化，非送往迎來、交流酬酢之謂也。僅此一端，可例其餘。辦學者，應知本末輕重，《大學》曰：「知所先後，則近道矣」！

二〇〇四、九、三十

北京雅聚，笑拈紅樓詩

返北京迄今，均在「十一黃金週」假期，市容蕭淡，而車站人滿為患。火車站每日進出五十萬人，可怕極！人皆出遊矣，故吾不出，杜門養靜，不亦快哉！

古代除休沐日外，甚少假期。唐元宵節有「賜餔」之制，春月旬休，君臣同去宴飲遊玩一天。明成祖定元宵節休假十天，百官稱慶。明代好幾本筆記都盛稱之，可見假期太少，故以十日之節為大假。如今「五一」放，「十一」又放，情況又自不同。何況古人沒有為政權放假的，假日均以民俗文化意義而定，如新正、元宵、端午、中秋之類，哪有朝代為慶祝開國建朝而定為假期的？有之，自民國始，而中華人民共和國因之，概屬不經。至於因政黨號稱代表勞工，而在「五一」勞動節放大假，更是不知從何說起。

現在這些似乎也不用說了，反正放假就是去旅遊。黃金週，以消費或掙錢為主，誰也不會管是為什麼放的假，只要放假就好。當然，將來大陸若能恢復一點傳統，也放元宵、端午、清明、中秋，就更好了。

假期中自然不免有些不出門遠遊湊熱鬧的人要趁機聚會。今日這一會，是劉夢溪夫婦召集的。據說上次召集是二〇〇一，廿一世紀開端那一年。今日再集，雖非修禊於蘭亭，倒也是群賢畢至：

王蒙、湯一介、樂黛雲、龔育之、孫小禮、于光遠、李澤厚、孫長江、邵燕祥、沈昌文、董秀玉等。

席間談諧戲謔，當然與台灣無異。惟可述者爲：劉先生準備了一些紙片，令每人拈籤。打開一看，是兩句詩，全是《紅樓夢》裡的女郎們作的。劉先生與夫人陳祖芬，拈得的分別是：「莫謂縞仙能羽化，多情伴我詠黃昏（探春）」、「神仙昨日降都門，種得藍田玉一盆（湘雲）」。王蒙拈得者爲：「蘅芷階通蘿薜門，也宜牆腳也宜盆（湘雲）」。大家說：好，拈得準，果然是也宜牆腳也宜盆，文化部長做得，現在靠邊站也無妨。嚴家炎先生拈得「別圃移來貴比金，一叢淺淡一叢深（湘雲）」，大家說：更好，嚴先生剛買了別墅，果然是貴比黃金的。如是等等。沈昌文拈得「滿紙自憐題素怨，片言誰解訴秋心（黛玉）」。董秀玉拈得「珍重暗香踏碎處，憑誰醉眼認朦朧（湘雲）」，最被大家說笑。王蒙云將寫一小說，男主角名沈秋心，女主角名董暗香，以紹《花月痕》以降鴛鴦蝴蝶派小說之緒。

至於我，則是黛玉：「登仙非慕莊生蝶，憶舊還尋陶令盟」。劉先生說：太好了，老弟不慕仙班而賦歸去來，隱居求志，聖人之事也。我說：豈敢，于光遠先生那一聯更好：「明年秋分知再會，暫時分手莫相思（探春）」，恰好作爲今年這一會的結尾詞。

此秋間北京雅聚之一斑也。然若非座中諸君多嫻《紅樓》也玩不成。故錄此以見人文。

二〇〇四、十、七

「昧」日

陳水扁總統近來不斷發言，宣告國慶日將有重要講話，可以緩和兩岸局勢，回應中共「五一七」政策。此說，可令擔心兩岸情勢惡化者稍解積鬱，亦可令各方媒體有所期待。然而不然，社會上對這份講話期待並不高，原因何在？

在於台灣政府對於兩岸關係的處理，目前戰略模糊。在許多時候，總統副總統乃至各部閣員一派台獨實踐者的架勢，又要正名、又要衝撞聯合國、又要建立海洋國家、又要新憲法、又要修教科書、又要廢陸委會……，一連串動作，令許多人覺得台獨已是現在進行式了。台獨既在落實中，兩岸關係自然就不可能改善，台獨走得越遠，戰爭即越來越近。可是，政府這時卻又站出來說要緩和局勢、要和平、要復談。這不是戰略矛盾嗎？同理，經濟上，一再喊要拚經濟。可是拚經濟之道，端在改善兩岸國際。現在卻整軍經武，一派準備焦土抗戰的模樣，又是軍購、又是演習、又防斬首、又說要炸三峽打上海，令精神正常者聞之，輒疑：「主政者得無發瘋乎？」莫說台商跳腳、老百姓心驚，外資敢來此戰地投資嗎？外交，則首重敦親睦鄰，現今乃使盡粗口，以批判親鄰爲能事。如此這般，高喊和平以求戰，實令人莫測所以。

邇來陳總統與游閣揆更再三向日本示好，表示支持日本成爲安理會常任理事國，要結成美日台三角聯盟關係等。說這些話，作用豈不恰好與準備發表的緩和兩岸情勢談話適相枘鑿？例如，若與美日結成軍事合作或聯盟關係，兩岸還能談軍事互信機制嗎？何況，大陸與美國間矛盾甚深，跟日本又敵意未消，單純台灣問題，業已難辦，硬扯上美日，於事無補，反而平添刺激大陸民族主義情緒的機會，豈爲紓緩兩岸局勢之道？

支持日本，更是昧於形勢。一來日本在東亞聲名狼藉，除台灣以外，誰都防它、不喜歡它、怕它強盛，想拉日本或靠日本以抗中共，在東亞乃是失道少助，增加自己孤立的秘方。二來東亞目前的情況，無論東北亞東南亞，均已以中共爲首，形成政治經濟協作格局，而非日本。日本已無「帶頭雁」的地位和作用。三者，支持日本，對自己沒好處，徒然成爲日本朝向軍事大國邁進的工具。日本一直想修憲、想把防衛廳改爲省、想將自衛隊整建爲「國軍」，朝軍事大國推進。亞洲國家對其普遍疑慮者亦在此，我政府可不要請鬼抓藥單才好！

二〇〇四、十、八

曲阜天籟音，北京儒學情

怡靜發一信給我，說看我這些雜七雜八的隨筆，好像讀《老殘遊記》，可惜沒有黑妞白妞的說唱。

哈哈，隨手塗鴉，何敢望老殘？黑妞白妞，亦非今日所能有。惟在曲阜，某夜藉口已睏，逃席離開人眾，自己一個人去街上閒逛。在路邊看見一群人聚坐，我也湊過去看，居然琴、笛、鉦、板一應俱全。鼓樂者十餘人，一人唱。胡用板胡、中胡。唱的人衣衫不整，似是工人，捲起袖子，趿布鞋。聽他講話，中氣不足，聲音低啞。待響板、擊鼓後，則倏忽一變，叱吒嗚咽，蒼茫邈遠。略帶身段動作，亦顧盼生姿。

街邊店家也不怕他們妨礙了生意，都站出來聽，或坐階、或持行軍椅、或坐路邊單車上。人群有老有少，持蒲扇、抱娃兒，汗衫短褲、西裝革履，什麼人都有。或坐、或倚站、或聊天、或蹲地上，圍了上百人。

我聽他唱了一會兒，問旁邊一位聽得入神、不斷打拍子的朋友：「他唱的是啥？」回答：「不知道。」我大奇，連問十餘人，答案都一樣。我大笑，離開這荒唐而又精采的路邊演唱會。

其實他唱的是山東梆子，與河南梆子略同而音高不一。今日想聽黑妞白妞，恐不可得，能聽到這一類天籟（雖亦人籟，然近乎天然）之音，也就不容易了。

今參加國際儒學聯合會所辦研討會，進城住。儒聯選我續任理事，但會議依然無甚可說。會中溜出逛逛朝內小街、東單，在胡同裡轉了一大圈。北極閣三條寧郡王府，現爲話劇會會址，破爛不堪，雖爲文物，因無觀光客來，故亦未修葺。東堂子胡同幾座大院，則被國際戰略基金會、台胞聯誼會等公家單位占用。胡同內，偪仄塵穢，與胡同外雄偉壯麗的高樓，適成兩個世界。

儒聯今選出新會長爲葉選平，葉劍英之子。以政治人物領導儒學，與台灣從前以陳立夫主持孔孟學會一樣，效果好不好，自然不用說。因此，大陸儒學之復興，仍須由民間養生機。

此可舉二例。一是一批青年辦了個「一耽學堂」，今已成立三年。他們辦私塾、去孔廟祭孔，一一拜訪小學，與各校合作推廣兒童經典文化教育，也辦義工培訓及人文講座。這批青年以復興儒學爲己任，在北京號召了五百名以上的義工，且發行通訊，信箱爲：yidanxuefang@yahoo.com.cn，大家可以自己去看。

另一個例子，是社科院研究員王志遠告訴我的。志遠虯髯，今日穿一唐裝，早上去人民大會堂參加開幕式，警衛以他未著西裝，又一臉絡腮鬍，「奇裝異服」，竟不准入內，交涉一番才予放行。我因早知人民大會堂開幕是例行無聊，故未去。下午碰到他，他說幸而你未去，否則你奇裝異服，也不准進。相與大笑。據志遠說，一九九八年他與北京十來位文化人合資在密雲辦了個小學，以義務教育爲骨幹，強化傳統文化爲特色，全日制、寄宿型，現有學生百餘人，小班制。其中有來過佛光的前現代文學館館長舒乙等人。校名聖陶，是用葉聖陶的名字，也取陶養聖人之意，有古書院養蒙之遺意。聽他談經營學校、實踐理想之甘苦，頗動容。約好了找一天去看看。去年王守常曾開車載我去廊坊看中國文化書院在那兒辦的民辦學校，我也很感動。知識分子，風雨如晦，雞鳴不已，老是想從教育上復興傳統文化，此心不死，事情總是有希望的。

二〇〇四、十、九

金色瀋陽

與陳慶英先生聯絡。陳先生上半年在佛光大學客座，暑間曾陪本校翁玲玲、劉國威教授的西藏團去西藏，待了兩個月，才返北京。與他聯絡，約定了去藏學中心訪問。

中國藏學中心，對面爲西藏大廈，附設藏醫醫院、藏藥浴中心等，其內有四個研究所：歷史、宗教、當代、社經。另在四川還有一個《大藏經》漢藏對勘局，並有出版社及資料室等，爲北京主要藏學機構，間亦提供政府政策參考意見。陳先生即歷史所所長，爲我介紹該中心業務甚詳，亦與其負責人聚餐。談及兩個計畫，一是辦個藏醫研習班，二是可進行藏文大藏經中漢文大藏經所缺文獻之漢譯工作。至於如何進行，且待我回北京後再想。

離開北京，是因去瀋陽開會。瀋陽師範大學近年鋭意發展，大手筆擴建校地，網羅人才，以每年年薪數十萬把社科院文學所孟樊華等人挖去。成立研究所，如今等於掛牌開張，召開「二十一世紀：理論建設與批評實踐」國際研討會，知我在北京，要我也去助拳。我也樂於與一些同行老友見面，故欣然就道，與陳曉明一同飛去瀋陽。

抵瀋陽時，氣溫正下降中，空氣冷肅，但尚不刺骨。可是木葉已微脫。沿機場入市區公路邊上的爬藤荊蔓都變成了一片紅色氈毯。白楊則因尚未掉葉，長在樹上的葉子全已發黃，在斜陽金黃色光線映射之下，一樹樹閃著光，彷彿無數金幣，讓人在這金黃艷紅的色調中，忘了天氣已寒。

夜飯後，一個人溜去太原街夜市閒逛。見一小店有狗肉燉豆腐、紅燒驢板腸，不免又喊了一份來嚐嚐，幾乎撐破肚皮。念前此來瀋陽，已在六年前，雨雪泥塗，宿在東北大學，亦單獨一人，且由此更去黑龍江。途中聞友人周安托酒後一瞑而逝，大慟，曾作二詩。如今詩似可不必作了，生活中無大悲歡，只是吃肉喝酒，有何好寫的呢？

以上是昨日之事。今晨，許明來訪。許明、陳曉明皆為昔年舊友，一九九八年在臥佛寺辦兩岸研討會，主要就是與他們合作的。此後合作甚多，曾擬在大陸設一基金會，當時即交二位操作。後因種種限制，事終不成，人亦星散。如今陳曉明已到北大任教，許明則在上海辦《社會科學報》。報紙辦得很不壞，邀我寫一專欄，每週一篇。許明現亦正組織上海社會經濟文化研究中心，擬將之辦成一民間的社科院，如台灣的台灣綜合研究院或中華經濟研究院那樣。此亦大陸學人活動之一形態，是具代表性的。

另二事值得報導：一、大陸教育部已發布了「高等學校哲學社會科學研究學術規範」，此規範被稱為學術憲章，也引起不少討論，教育部準備於月底在杭州再召開論壇。二、教育部正式出面反對教育產業化。二事均甚重要，值得觀察。

二〇〇四、十、十二

文學理論發展之憂

在瀋陽開會，有些感觸。

我於一九八八年赴大陸參加文學理論研討會時，大陸的文學理論界正可謂意氣風發，不僅論議頗動視聽，更成爲大陸文化熱的推手、整體社會改革的動源。端的是風起雲湧，百家爭鳴。但如今，凡參加這類會議，聽到的卻多是對文學理論研究的困惑與質疑。甚至不少人開始呼籲放棄「文藝學」這個學科；不要文學理論，只要有文學批評就可以了。傳統上文學研究三分（文學理論、文學史、文學批評）的格局，幾乎就要爲之崩潰了。

這樣的轉變，其實亦非大陸獨然，在台灣、在北美也都有類似的情況。對文學理論的質疑，一方面延續著老話題，例如：理論並不能創造出作品來，作品靠的是作家的創作而非理論的規定，因此文學研究首先是作家與作品，理論只是對作家與作品的詮釋，是從屬於作品的等等這些老話。一方面也有新的批判，例如說現在的理論多半艱澀難懂，文章似通非通，宛若翻得很爛的譯文，滿紙夾揁，不知所云。或說如今之文學理論不斷翻新，一套套出櫺，彷彿時裝表演，令人眼花撩亂；但因它彷若時尚流行，故又轉瞬退了流行，使人對它更沒了信心。再者，也有不少人認爲目前文學理論已走上歧途，越來越跟文學無關了，成天講什麼後現代、後殖民、全球化、女權主義之類，侈談文化研究，文學審美研究則付之闕如，文學僅成爲說明文化現象的材料。

由於對文學理論已如此不信任、不耐煩，故提倡重新回到文本，回歸作品本身者大有人在，欲以比較細緻而實在的閱讀，來替代那些夸夸其談的理論。

但平心而論，回歸作品云云，在教學上確實能稍抑浮囂之風，然於理據上並站不住腳。因爲事實上並無純然客觀的文本，「細讀作品」本身就是一種理論立場，且須運用新批評、考證訓詁學派之方法。何況，文學理論的功能並不只是對作品的解讀。它所要談的，包括文學與語言、與社會、與人生、與歷史的關係等等，遠超出對一篇篇作品的解析。而文學，無論它在生產那時，還是閱讀這時，又都與其社會文化有關，研究者也不能假裝沒看見，只注目於作品本身便自以爲得計。關聯於文化的文學理論，亦因此而終不可廢。

文學理論不應放棄，可是問題在於現今理論界要回應挑戰尙感力不從心。爲什麼？一、台灣與大陸一樣，文學比經濟更深地鑲嵌在依賴世界體系的生產與消費關係中，自己根本缺乏生產力，沒什麼自己的產品，只能做代工、加工、批發、零售、代理。一個只能消費或代理的文論界，能有什麼作爲？

二、文論工作者從事的是理論思考的工作，按理說應最有思考力，可是恰好相反。大多數人只是學習了一套套的話語，照著那個學派學說的預設、條件、推理、證例去說話。說起來也頭頭是道，彷彿很有學問、很有思考力一般，其實僅如鸚鵡之學舌，並沒有自己講話的本領。就像某些人教邏輯課，也可以講得頭頭是道、井井有條，但平日處事卻見得他滿腦子漿糊一般。能說一套話的，不見得是有說話的能力，正是我們文論界缺乏生產力的原因之一。

三、文學理論在中國，並不只是理論而已，它其實是具有現實性的。八十年代以來，靠著文學理論界炸開了意識形態大山，才能帶動大陸的改革。台灣自鄉土文學運動以來的發展，也顯示了文學理論在社會改革上的作用。可是這種作用是兩面刃，既讓人覺得文論不可輕棄，十分重要；另一方面又可能讓文論步向衰亡。因爲文學作用於文化批評及實踐，逐漸地必然令人將目光轉移到眞正待處理之社會文化問題的政治、經濟、法律、教育……等層面，這些社會學科亦比文學更能切應社會文化改革之需。故文論界放完焰火後，繼而登場的就是它們。文論工作者夸談文化批判，可是文化批判之後，文論家就逐漸邊緣化，在討論社會文化發展的領域越來越不重要。大陸文論界的落寞感即來自這種情勢。台灣亦是如此，除了搞台灣文學的還能在政治場邊分杯羹以外，文論界在社會文化現實、批判實踐方面，早已邊緣化。

而更糟的是，文論界在面對現實時，也找不到自己的問題。我們現在做文化批評的朋友，操持著後現代、後殖民、解構等理論話語，談的其實是歐美的問題。那是針對他們社會資本主義「晚期」現象或什麼而發的文化思考，我們逕自拿來用了，卻不管它與我們的社會現實有什麼關係。牽合比附一番之後，我們遂也遺忘了該尋找我們自己的問題，並發展足以解釋與批判此一社會文化之理論。故弔詭地變成了：強調文學理論的現實實踐，卻在實踐之後被社會遺棄，或在理論中丟掉了現實。

四、文學理論工作者不僅不太了解具體的社會現實，也不太懂文學。大陸的文學理論學科建置，主要是與現當代文學相聯結的。從事古典文論的是另外一攤子人，彼此毫不相干。但只有現當代文學的知識與經驗，文學理論研究怎麼可能做得好？台灣的文學理論，因依賴世界體系之故，以裨販洋貨爲主，外文系獨占優勢，古典文學及文論，罕所取資，亦不爲所重。故同樣地，文學理論也不可能做得好。邇來兩岸都奢談什麼跨文化研究，但跨什麼呢？莫說伊斯蘭文化、印度文化、東南亞文化、日韓文化，做文論研究或文化研究的人大抵一竅不通；就是中國文化、中國文學，亦所知有限。才具如此，如何能使文學理論之發展令人看好？要振衰起敝，還得大家夥一齊努力！

二〇〇四、十、十三

離館春深

今日在《中央日報》發表一文：

我國皇家林園，本來均屬離宮性質，即使是蔣介石父子，在台也還有二十處行館。名爲「離宮」「行館」，就是政事之暇，去這些山水佳處休憩度假之意。是遠離政務中樞、偶爾行在之地，故才名爲行館、名爲離宮。避暑山莊，顧名思義，亦屬此類，講明了是來此避暑的。此與唐都長安，春間苦寒，故避居於西苑，俾得挈愛妃「春寒賜浴華清池」，異代同撰，同一機杼。

話雖如此，同中有異，不可不辨。

清朝政務中樞，在都城、在宮殿。離宮則爲圓明園、頤和園、暢春園、避暑山莊等處。這在體制上是與歷朝相同的。可是與歷代不同者是：由實際政事推行運作看，恰好要顚倒過來。清代諸帝，其實長年住在離宮，只有歲暮才回紫禁城過冬；因此政務中心實在離宮而不在紫禁城內。皇帝常居離宮，紫禁城僅供舉行儀禮之用。這是許多人所不曉得的。

康熙二十八年遊江南，因喜歡江南景致，命吳人葉陶，將明人李偉的別業改修，建爲暢春園。三十一年又將玉泉山澄心園改爲靜明園，並另建香山避暑行館。四十六年更造圓明園。厥後，康熙本人多住暢春園，雍正多在圓明園，乾隆擴建圓明園後也多住在該處。所以康熙崩在暢春園，雍正崩於圓明園，乾隆因返京度歲，才得以壽終內廷。離宮作為實際的政治中樞，是非常明顯的。

日常看戲，凡演康雍乾時代，場景都放在紫禁城，皇帝高坐「正大光明」匾下，與群臣議論政事。殊不知這是罕見的。日常朝會及大臣侍直，其實多在上述林園中。

亦因如此，涉及清史上的許多大事，才會陸續發生於離宮。康熙四十九年廢太子，就是因太子允礽在康熙於熱河行館時，涉嫌謀弒。後命將允礽執回京師圈禁，其附從者遣戍盛京。

六十一年十月，康熙又去南苑行館。染病，十一月七日返暢春園，雍正隨即至暢春園護駕問安。十一月十三，康熙崩，隆科多口述遺命，由雍正繼統。這是個大疑案，史稱「雍正奪嫡」。當時鼓動反清復明的曾靜，出版一本《大義覺迷錄》，說雍正有弒父、逼母、殺兄、屠弟諸大罪，「弒父」就指此事。傳說是其病原無大礙，喝了雍正所進一碗人參湯就賓天了。而臨終傳位，則僅憑隆科多所述末命。坊間演劇，都說康熙遺詔有密匣藏於太和殿正大光明匾後，雍正潛改「傳位十四皇子」為「于四皇子」。其實整件事發生於暢春園，不在紫禁城；當時也全憑雍正與隆科多口頭所述的「末命」，並無確詔，自然更沒有什麼匾呀匣呀的了。

要知道這一段，才能明白為何雍正繼位，雖有爭議，而其他諸皇子竟措手不及，無力反抗。當時康熙只是病，並未覺得是病危，因此皇子多不在榻前。等到康熙忽然崩殂，雍正迅即繼了位，諸王才大驚失色。孟心史先生〈清世宗入承大統考實〉引隆科多語，謂隆回京去佈置時，在西直門大街上碰到果親王，隆告訴他雍正已即位的消息，他大吃一驚，「神色乖張，有類瘋狂」，可見一斑。待諸王想有所行動時，京城卻早已戒嚴了《永憲錄》載：康熙崩後，「次日至庚子，九門皆未啓」，可見竟關閉了六天），當然也就只能徒呼負負了。

這是由雍正奪嫡這一方面說。但雍正居藩時，在海甸和熱河都已獲有賜園，即在避暑山莊以北的獅子山（名爲獅子園）和在海甸的圓明園。這是康熙諸子中少有的待遇，要說這是康熙早有傳位之意，也未嘗不可。總之，疑案就是疑案，諸家考辨迄今，仍無定論，未來陳水扁挨槍擊一事，恐怕也會是如此。

雍正之後，乾隆也有疑案，疑什麼？傳說乾隆乃漢人，是海寧陳閣老的二子，被雍正抱換了。金庸小說《書劍恩仇錄》就曾以此敷演故事，足徵傳說之廣。

這件疑案也與園林有關。原來乾隆的生母是避暑山莊的漢人宮女，乾隆即生於避暑山莊旁獅子園中一處草舍馬廄中。故管世銘〈扈蹕秋獮紀事詩〉云：「慶善祥開華渚虹，降生猶憶舊時宮。年年諱日行香去，獅子園邊感聖衷。」自注：「獅子園爲皇上降生之地，常於憲廟忌辰駐臨。」李翰祥編導《乾隆下江南》影片時，將乾隆出生地安在木蘭圍場附近的草房，且說其母係看守圍場的歸旗漢人，也都不對。

允礽謀逆、雍正奪嫡、乾隆出生，都是清史上的大事，另一事更大，關涉我中華民族之盛衰。那就是乾隆在避暑山莊接見英國使臣馬嘎爾尼。馬嘎爾尼拒行跪拜之禮，造成「禮儀之爭」。中國與整個西方的關係，以此爲分水嶺，影響深遠，中國漸次閉關，而西方謀我日亟。

終於，道光二十二年中英鴉片戰爭起，中國訂了第一個城下之盟。接著英法又在廣州起釁，咸豐八年並揮兵北上，迫我訂了天津條約。十年，再陷塘沽，進逼北京。咸豐乃避走承德，留恭親王在京周旋。但議和不利，聯軍竟破北京，焚掠圓明園。清廷乞和，訂了北京條約。

圓明園被焚，乃是世界史上的大事。清史上，此時也恰好另逢一關鍵大事。

咸豐避到避暑山莊以後，感憤異常，次年就駕崩了。遺命肅順等八人受顧命輔佐幼主，紀年「祺祥」。王闓運後來曾寫了〈錄祺祥故事〉一文，其〈獨行謠〉則說：「祖制重顧命，姜姒不佐周，誰與同道彰？翻怪垂簾疏。不能召親賢，自匆據天圖。戮之費一紙，曾不驚殿廬。祺祥改同治，御坐屏玻璃。」這，是在講什麼呢？

咸豐死，太子即位，皇后慈安自然成了皇太后。可是太子的生母卻是懿貴妃，也就是慈禧。本是貴妃，但母以子貴，遂也並稱皇太后，形成兩宮並主的局面。可是此時肅順等人才握有實權。慈禧遂趁大局未定之際，暗中派人聯絡了正在與英法折衝樽俎的恭親王奕訢，一舉擊潰了肅順。王氏詩惜肅順不能廣召親賢，以致爲慈禧所戮，即指此。殺了肅順以後，兩宮垂簾聽政，內以慈禧爲主，外用恭親王以定朝局的架構形成，便是所謂的「祺祥改同治」，年號變成同治了。

此一役，關係著慈禧未來在政壇上的命運，同治光緒二朝之事，皆由此而定，而亦發生於避暑山莊中。慈禧與老謀深算的權臣肅順交手，精采可述者甚多，史稱「辛酉政變」，其重要性自不待言。

辛酉政變，是慈禧崛起之機。囚光緒於瀛臺，終至帝亡而己亦亡，則是慈禧的終局。瀛臺也在紫禁城外，舊名南臺，其南爲南海。臺三面臨水，奇石森立，花木蓊鬱，有涵光殿、香衾殿、迎薰亭等，也是離宮之一。

凡此，可見清代大事多發生於離館林園。此非但於世界上屬於異數，也根本逆轉了林園的定義，顛倒了宮廷跟避暑養靜的園林之區分。昔人云：「鐘鼎山林，各有天性」，或說「身居江湖之遠，心在魏闕之上」，都把山林江湖跟宮闕鐘鼎對比著說。誰知此固爲一般人的常情，在帝王家卻未必。山林湖泊、亭台樓閣的園林，反而才常是眞正的朝廷政務樞密之所。令我們現在來遊園子的人，看著這些湖山林苑，視線也不覺模糊了起來，愈來愈看不清楚了呀！

二〇〇四、十、十四

文化遺民

莊生之逍遙、列子之御風，未聞其思鄉也，我亦然。唯今日乃忽有家山之感。

昨至人民大學演講，談「生活的儒學」。此爲其孔子文化月之尾聲，今日尚有王財貴一場，在人民大會堂辦一兒童讀經之活動。財貴歷年推動此事，風塵鞅掌，念之甚感其執著弗懈。

我講畢，即去與陳捷先先生、李紀祥等會合。他們率佛光歷史所學生來此，與人大清史所合開研討會，並簽約。相見甚喜，如晤親戚。捷公爲此事奔走已年餘，去歲數來人大，且促成兩岸清史研討會在佛光召開，對大陸重修《清史》工作，影響至巨。此次又促成合作，且自費攜一滿文巨碣舊拓至。昔日裱褙時已極費工（五張宣紙拼合，滿文又非裱工所能識，故須由陳老師親自指導），珍藏三十載，今則爲佛光做面子，算是學校送給人大清史所的禮物。夜，更在白家大宅門餐廳宴聚人大、南開諸清史專家。用心如此，談起來更是感人。

如財貴和陳先生一類人，爲了學術的理想、文化的推廣，如此不辭勞苦，費力費錢去大陸，令大陸學界也深感敬重的台灣文化人，恐怕還很多。只是在一天中恰好碰著兩事，不免使我心中小有波瀾。

今陳曉林、楊渡又由台灣來，約了高信疆一道在江蘇大廈夜飯。同席者尚有大陸沈昌文、劉夢溪、安波舜、盧仁龍、徐晉如等等。酒酣耳熱，不免又談起台灣的地震、政爭、文化發展等，感慨繫之，酒又多喝了好幾鍾。

在與他們碰頭前，我才因李壽林約，與仇春霖先生會了面。壽林亦憤世者，新著書痛批台灣之皇民餘風，並擬退休。頃來北京開儒學會，又去曲阜，昨始返。仇先生則在北方工業大學校長任內，支持我的兩岸文字觀。我與壽林等組了一個團，來大陸與官私各界辯論文字政策，與仇先生、袁曉園先生、胡厚宣先生、周祖謨先生等卻甚契合。如今袁胡諸先生皆歸道山，仇先生亦久不見。頃再聚首，忽忽若夢。與他談及大陸文化產業之發展，才知先生卸校長任後，翱翔南北，奔走擘畫者甚多，而大陸文化產業之發展，則頗有台灣所未能夢見者。

與曉林等酒散而歸後，見琇方等之留言，責我不早點回去。唉，家鄉總是要回的，可是……。十七八年前，我初來大陸時，見山川殘破，民生凋蔽，而中華文化又不受重視，真有「文化遺民」之感。自覺懷抱文化命脈，繼絕存亡於海嶠，耿耿此心，譬如孤臣孽子。如今，大陸文化漸見起色，然台灣世情不變，小豎跳梁，無論學校或社會，都搞得不像樣，甚且有人還要「去中國化」。我這樣的人，乃又成了另一種文化遺民。

昔方仙橋有詩云：「一念家山百感俱，吳江楓落渺愁予。杜根滌器甘窮死，梅福成仙定子虛。大錯鑄成新造國，餘生留讀未燒書。乾坤自此多長夜，只夢桑田見海枯。」〈海上〉現在，我想起台灣，也是「百感俱」的！

二○○四、十、十五

出版之春？

十四日在人民大學演講畢，一女學生來約我去海淀劇院看戲。因海淀目前正在辦文化節，中國國家話劇院正在海淀演《生死場》。她認爲此戲乃大陸舞台劇精品中的精品，被譽爲《茶館》以來最好看的中國式話劇，她又恰好是編劇和導演的朋友，所以邀我去看看。我對話劇素無好感，覺得那是民初亂搞出來的劇種，因爲戲本身的形態壞，所以永遠也演不成什麼好戲，歷來名劇名篇，看了都常覺得可笑。但她既如此推薦，當然應去瞧瞧，因此約了昨晚去看。

今則轉赴上海。本也沒計畫去上海，就如原本沒打算去看戲一般。只因陳曉林、蔡浪涯邀了，便買機票，與沈昌文先生同去。明人曾鶴齡有詩云：「捧頌鄉書謁九天，偶然趁得浙江船，世間固有偶然事，不意偶然又偶然。」此之謂也。

偶然趁便南遊，還另有個原因。我來北大，但迄今圖書館整修，圖書證也還沒辦下來給我，因此我根本無書可看。北大教師無研究室，我由台灣來，也不可能攜什麼書，如惠施出遊「其書五車」那樣，故若要看書，便得去中文系資料室。但來去頗有距離，且須攜茶水文具，整裝以往。而其中資料以大陸期刊爲多，對我目前又尙不適用，因我本來就以讀原典爲主，很少看期刊論文。所以後來大抵就只是去寫字。鋪好紙，濡墨寫幾大張，管理人員要去吃中飯了，就束裹而返。如此閒盪晃悠度日，誠亦甚佳；但沒讀書，終究像沒吃飯般，越來越餓得慌。其間另寫了幾十篇遊記，有些小考證，談歷史、說掌故，又寫了談馮夢龍《春秋學》的論文，引經據典，而其實手邊一本書也無。既然無書可讀，只好出遊。萬卷書既無法讀，便去行萬里路罷。

蔡浪涯原在上海辦一印刷廠，如今德國貝塔斯曼集團原總編離職，自立門戶，與余秋雨等合辦九久讀書人俱樂部，蔡兄亦擬經營個類似的平台，故找我來商量。夜遂與上海出版業者聚談。

大陸出版業目前正在轉型期，一方面是集團化業已成型，一方面是書號買賣已發展爲產銷分離模式，亦即出版社手中握有書號刊號（產權），但製作、選題，甚或銷售都由另外的企畫單位處理。此類工作室或合作單位，借殼上市，活力充沛。我們在市面上看到某某出版社出版的書，可能部分甚或全部都出自其他企畫公司或工作室之手。將來一旦開放，此類工作室便會立刻轉爲正式出版商（目前這些工作室實質上頗有些已極具規模，不比台灣的大出版社差，而操作能力或更在台灣出版業之上）。台灣想進軍大陸出版業，未來勢必遭到巨大競爭。

而未來大陸之所謂開放，也不樂觀，因爲必須合資，且中方需占51％以上，中方合資者又須由大陸指定，不能由台灣人自找。故他若找一家經營不善的出版社，然後把它的資產估成若干億，來跟你合資，占51％，你還怎麼玩？在此情況下，台灣出版業到底要如何轉進大陸以救亡圖存，實在還須仔細思量。

二〇〇四、十、十八

旅行者的美德

今日在《聯合報．聯合副刊》發表一文：

荷蘭的作家賽斯．諾特博姆（Cees Nooteboom）在《西班牙星光之路》中談到他旅行在西班牙與葡萄牙交界處一小鎮時，偶然聽到服務生提起「蜥蜴」一詞，立刻警覺了起來，連忙向老闆打聽。獲知他們果然有賣蜥蜴餐，而且還不是小蠶蜥蜴。他馬上要了一客來品嘗，且在該書立了一個小節，題目就叫「蜥蜴晚餐」。

此君乃歐洲文學獎得主、荷蘭康士坦丁文學終身成就獎得主。此舉則顯示了他作爲一名傑出旅行文學家所具有的敏感。

旅行者，需要許多條件。條件之一，就是須有一副好脾胃。

常見旅人出門，腸胃便患起思鄉病，須得到處找家鄉味或與家鄉相似的餐飲來喫，否則腸胃就要拉警報、搞暴動。某些人縱使不如此，對於平日不經見、不常吃的東西，大抵也盡量避著。非萬不得已，不肯嘗試。偶或試之，亦總是攢眉、捏鼻、咂舌、縮肩地淺嘗輕啜便罷。如吞毒藥、如上刀山，臨險履冰，不勝痛苦之狀。又或者，無可奈何而安之若命。反正人生至此，說不得，只好吃它一番。但卻是暫求果腹，不能消受其滋味也。如此旅行，雖然一路或許飽飫了眼福，可實在是痛苦，等於受罪。

偏偏異鄉之惱人處，就是奇奇怪怪的吃食特別多。如元朝方回的詩說：「秀州城外鴉餛飩。」這鴉餛飩，是沒孵成的卵。因已有雛鴉在裡面，將之取出鑷去細毛，洗淨烹煮而成，味極美。據朱彝尊〈鴛鴦湖櫂歌〉說：「鴉餛飩小漉微鹽，雪後壚頭酒價廉。」知此物乃某些地方一般居民常食的小吃，但我估計就有許多台灣人未必敢嘗試。推而廣之，各地醃、醬、滷、漬、泡、浸、腐、臭的各色名物，奇形怪味，亦輒令人不敢嚮邇，且要暗自詫怪：為何這些地方竟有這些人，偏要來逐臭嗜痂？而又對自己自怨自艾：為啥子要到這種鬼地方來活受罪，吃這種難吃噁心的鬼東西？

對了，就是噁心。旅人常患的，其實不是腸胃病，而是心病。心中嫌厭那些異鄉怪味，也疑慮著那些沒吃過的物事，且疑、且懼、且驚、且厭。於是看著難受，吃著可怕，喉頭一緊，胃一抽搐，可能就立刻哇吐了出來。縱或終於勉強沒吐，噁心作嘔之感，也仍然要盤縈在心頭。

況且還有不少人心中別有一把戒尺，或禁止自己吃葷、或禁止自己吃腥、或不吃魚、或不吃介、或兩隻腳的不准自己吃、或會飛的也不能吃。種種戒律，在心上懸著刀尺，那就更無緣享受旅途中的美味了。

就算對飲食沒有禁忌，不至於堅壁清野，峻斥一切；大多數人也只是逆來順受型的，不會專心致意去「發現」異饌。要把異鄉那些我們原本不知道有而且還能吃的東西找出來，需要有發現者的眼光和機緣好運氣。要對這件事抱持著高度的敏感，以及亟欲一嘗、冒險探詢味蕾之神祕的心情。這種眼光和興致，與老饕並不相同，但卻是一名優秀或稱職的旅人所應當具備的條件。

要知道，一地水土一方人。每個地方的飲食，必與該地之地氣、風土、人情、世態相符應。不能親近該地的飲食，實際上就絕不能親近那個地方那個社會，更不能懂它理解它。那個地方越特別的飲食，越能顯示那個地方的氣質。

就像諾特博姆「發現」了那個小鎮餐廳有蜥蜴可吃，而這尾蜥蜴，拌在一盤碎番茄中，配上百里香、迷迭香，那不就是西班牙的氣質嗎？諾特博姆形容西班牙是「混亂的、粗野的、自我中心的、殘酷的。行過之處，永無止境的驚嘆。」這種氣質，鬥牛，或西班牙舞孃的舞蹈，都足以顯示，但都不夠；只有那一股迷迭香混雜著蜥蜴肉味刺竄入腦時，你才能懂得什麼叫做西班牙。無怪乎他要刻意記述這一餐了。

我們每想起一個地方，總會想起那裡某一種或某幾種吃食，想起某一餐，道理即是如此。食物的氣味、用餐時的氣氛、店家的風情、一同用餐者的神態、聲語。整體激擾著我們的神經，在腦子裡浮漾出一幅特異的地圖，標示著那一個無可替代的地點。

像池田律子的《吃定義大利》就選了四十二事，寫成「挑逗味蕾的美食地圖」。蘇珊・羅德蘇格・韓特《二〇年代：頹唐的巴黎盛宴》則藉當時文人聚會飲宴、食譜及其故事背景來勾勒那個時代。旅行者，不論是空間的旅行，抑或進入時光隧道，都須對沿途所見食物食事，像風景名勝一般感興趣才是。

我稱不上是個旅行家，但萍蹤佚旅，漂泊久慣。宿在不知名的旅樓，吃著說不上名堂的食物，乃是常有之事。腹笥漸寬，撐拄肚腸的，都非書卷，而是臠肥膩脂與異卉奇珍。我不敢挑食，因而時要嘗鮮。未必是新鮮美味之鮮，也可能是鮮少鮮奇之鮮。鮮奇者不一定都鮮美，故又時多驚異：

什麼，這也能吃嗎？這東西是這樣吃的嗎？吃了會怎麼樣啊？

但我通常總想如諾特博姆嚐蜥蜴般，去試試當地人的飲食，旨不在知味，而是想藉此更了解那個地方。

可是，我也發現，人們對此等旅行者的好品德，並不尊敬。或者說，人基本上是個拘墟者。拘墟之見，之一是對遠方異地的人，充滿猜疑；之二則是對異地的飲食習慣不滿，對口味不拘墟者也不滿。

例如平常說到吃，大家總是嘲笑廣東人，說老廣兩隻腳的除了凳子不吃，天上飛的除了飛機不吃，此外什麼都吃。SARS肆虐期間，廣東人之嗜食野味也因此竟成了罪狀。萬方有罪，罪在老廣，千夫所指，居然沒審判定讞就被稀里糊塗地禁售禁食了一番，迄今仍未完全解禁。

其實這恐怕是北方人對南方人一慣的偏見作祟，藉此機會便發作了起來，與SARS大約無甚直接之關係。清朝王侃《江州筆談》不是說嗎：「北人笑南人口饞，無論何蟲，隨意命名即取啖之。」現在，你看，果然就吃出毛病了吧，嘿嘿，咎由自取了吧！還不趕快停止？禁令出於北京，似乎就顯現著這麼一副口吻。

由北方觀點來看，閩粵人確實吃得太寬，也吃得可怕。明朝謝肇淛《五雜俎》卷九論南人口味時說：「南人口食可謂不擇之甚。嶺南蟻卵蚺蛇皆為珍膳。水雞蝦蟆其實一類。閩有龍虱者，飛來田中，與灶蟲分毫無別。又有土笋者，全類蚯蚓。擴而充之，天下殆無不可食之物。」跟王侃的講法差不多，都是在說閩粵人吃得太雜。

可是，謝肇淛自己是福建人，他立刻就自覺到這樣的說法也不見得公允。因為北方人同樣有令南方人感到難以消受的食物。所以他說：「燕齊之人食蝎及蝗。余行部至安丘，一門人家取草蟲有子者，炸黃色入饌。余詫之，歸語從吏。云此中珍品也，名蛐子，縉紳中尤雅嗜之。然余終不敢食也。則蠻方有食毛蟲密唧者又何足怪？」

這個辯護很有趣，足見南方人北方人半斤八兩。某些東西，北方人看著害怕，不敢吃，那是因爲北方原本不產那些物品，故自古以來無人吃食。乍見南蠻竟然啖咀此等噁心異物，不免詫怪失色。南方人吃這吃那，碰上北方的蛐子蠍子，也一般驚疑不定，難以下箸。

可是，往往就是那令遠方來的人無法欣賞的東西，才最足以代表那個地方的特色。在北京，只知吃烤鴨涮羊肉的人，是不能懂北京的，須得也去炸蛐子、或炸幾尾蠍子來吃吃。現在，這些東西，跟老北京人喝豆汁一樣，也稀罕少見了，未必買得著。成爲現代化都會城市後，北京的飲饌口味，五方薈萃，而越來越向中間一般化靠攏，這些老傳統吃食自然日漸凋零，少人問津。卻也不是吃不著。多半只是因旅人遊客不甚曉得，或曉得而不敢品嘗，所以少人賣了。若碰上，炸蠍子可是有炸蜂蛹般的美味呢！

林語堂先生一九六一年在美國出版過一冊《輝煌的北京》（*Imperial Peking: Seven Centuries of China*），二〇〇三年才見譯本。於北京之吃食，譽爲「正宗」。但所介紹的，僅有東興樓的芙蓉鴨片、正陽樓的蟹與烤羊肉、西門沙鍋居的豬肉、順治門外便宜坊的烤鴨。此不足以知北京也。

二〇〇四、十、十八

得天下英才而教之

昨赴北師大演講，論「科學人文化」，是理科學生的科哲課。今日北大課畢，則得到一些學生給我的信，錄於後。

其一

龔先生講授「中國文化史專題」視角新穎，煥然不同於平常所見相關書籍結構和內容，強調從中國文化特點出發，立足文化傳統來闡發其義，且授課時口齒清晰、材料豐富、妙語頻出，與強有力的手勢相結合，充分表明教學是一門藝術。

讀先生書，不如聽先生授課，以先生書中頗多感慨之辭，不如上課來得真切簡明。

其二

龔老師：

我非常喜歡您的中國文化研究專題課。您的課很受歡迎，除了中文系的同學，我的考古系和法學院的同學也都來聽的。

我聽過的同類課程往往停留在文化史現象的事實層面，而您透過零散的材料而得到相當有深度、有突破性的結論。學力與眼光令人佩服。您的講解對我突破思維定勢、開拓視野是很有幫助的。同時，您的結論建立在扎實的考證上，新穎的觀點皆從並不新鮮的材料中得出，也使我更加重視對原典的把握，並在自己讀原典的時候，更積極地思考。感謝您的工作！

出于個人學習的需要，建議老師開列一些參考書目並適當介紹一些您的治學經驗，使我們在讀書治學的道路上有所借鑒。

另外，請老師明確一下課程考核的方式和標準。謝謝！

其三

致龔鵬程先生書

某啓，自學期始，一直聆聽先生的課。在我是一極好的休息。使素日緊繃的神經細胞因為長期的嚴肅規範的排列而有些僵直時，得有一雍容的空間舒展和透氣。所以，上先生一課，心情總是輕鬆愉快的。這不僅因為先生課題之宏大給了充分透展遐思的餘地，也因為先生採用了別于其他中文系先生們正容嚴肅的教學方式，於侃侃演説中聲情並茂（當然，這也許仍與中國文化史廣博的課題有關）。

聽聞先生任過佛光大學校長，而佛於我是陌生的；對海峽彼岸的知識青年的文化精神狀況也是有隔膜的。而這陌生與隔膜間，往往又帶著彷彿與生而來的想要探知的興趣，企盼通過先生的教誨約略有所得。

另外，注意到先生總是身著漢衣。不知是出於課程行頭所備，還是本性使然。如是前者，對先生之敬業肅然起敬；若是後者，景仰先生對於中國文化一本能之愛與維護。

有幸蒙教，不任區區嚮往之至。

其四

龔老師：您是我研究生階段的第一個啓蒙老師。很喜歡您的課，希望有一天也能像您這樣授業。信手拈來，風度翩翩。（手機簡訊）

錄這些信，並非意在自我陶醉，而是表明教書確是一門藝術：學的人帶勁，自然教的人賣力。孔子曰：「不憤不啓，不悱不發。」舉一隅而不以三隅反，則懶得教，是有道理的。與其說我講得好，不如說北大這些小朋友學得好。而他們一生中可能從沒見過台灣人、從沒機會聽台灣來的人告訴他們中國文化是什麼，我不認眞點說，行嗎？

二〇〇四、十、二十二

德希達哀辭

德希達（Jacques Derrida）於十月八日故世，今清華大學舉行「德里達與中國」研討會追悼之。國際文學理論學會會長米勒亦有長文參與討論，邀余與會，爰爲哀辭一通以悼之，曰：

西方思潮進入中國語境，往往有個時間差。一九六六年德希達發表〈人文科學話語中的結構、符號與遊戲〉批評李維史陀（Claude Levi-Strauss）的理論，對其二元對立結構唱起輓歌時，台灣的結構主義卻正方興未艾。

一九七二年楊牧論樂府詩〈公無渡河〉，即以人與自然的對立衝突來說此詩之悲劇性，採用李維史陀之說，自不在話下。樂蘅軍論中國古典小說的悲劇性，也用同一方法，而皆膾炙人口。到一九七八年周英雄重析〈公無渡河〉，運用結構主義方法更爲純熟，他將此詩納入中外民間口頭歌詩的大系統去，希望通過敘事結構的比較，得出一個共通的模式。類似的工作也見於金榮華領導的一個小組。他們主要是從事中國六朝時期小說「情節單元」的整理。同年，張漢良亦發表〈唐傳奇《南陽士人》的結構分析〉。次年，周英雄又作〈賦比興的語言結構〉。到一九八三年，結集出版了《結構主義與中國文學》（台北：東大）。其主旨在於反駁「結構主義不適用於中國文學批評」，故以實際的操作運用來說明結構主義方法仍是可行的。

在這個文學場景中，德希達的聲音顯然並沒有被台灣的文學或文化研究者所聽受。八十年代，研究德希達的，大概只有一廖炳惠，出版過《解構批評論集》（台北：東大，一九八五）一書。但那時德希達所抨擊的索緒爾（Ferdinand de Saussure）語言學正大行其道，不僅結構主義之風靡未衰，由索緒爾語言學發展來的符號學也剛在台廣獲介紹。古添洪就在一九八四年出版過《記號詩學》（台北：東大）。因此解構批評雖有廖炳惠等人之譯述，在那個環境中，實在並無太大的影響。

而且當時固然介述了德希達對二元對立思想的批判，但這個批評是如何地由反省語文關係而發展至對西方形上學的整體批判，仍語焉未詳；德希達與傅柯（Michel Foucault）等後結構主義思潮的總體關聯，亦面貌模糊。故解構理論要如何運用於文學研究上去，大家均不甚了了。

一九九二年我出版《文化符號學》（台北：學生書局），才首次將德希達的論述帶入中文（文字、文學、文化）語境中去發揮。我那本書，既名爲符號學，顯然與德希達並不同調，仍是要討論符號的形成與運作方式。但我又與結構主義不同，不是以語言內部結構分析爲主，而是討論文化中的符號，以及符號如何建構了文化。結構主義的方法，看起來是在討論文化，其實其文化分析就是不做文化分析，只分析語言結構，然後類比到文學文化事項上去，或根本就把語言結構和現實結構看成是同一的，故與我的看法大相逕庭。另一個分歧，則在語言觀上。

自索緒爾以降，受其影響之人類學、符號學、詩學各派，基本路數就是由語言來討論文化。可是，在中國文化中國社會裡，文字遠比語言更重要，我既不滿於索緒爾以下諸符號學流派，自然就會注意到德希達對索緒爾語言觀的批評。

這些批評，在今天看，當然都屬常識，任何一位略諳思潮的大學生都能琅琅上口。但在十幾二十年前，且是資訊匱乏、譯述甚少的情況下，能注意此一批評，並援用以申明文字符號的重要性，其實亦非易事。

當時我尚未見著《論文字學》（*De la grammato logie*）、《書寫與差異》（*Writing and difference*）等書，主要是根據他與克莉絲蒂娃的對話：〈符號學與文字學〉。在該文中，德希達認爲索緒爾之後，大家均把語言學當成符號學的一般模式，這個做法，顯示了西方傳統的語詞中心主義和語音中心主義態度。德希達則主張以文字作爲符號學最一般的概念，以中和符號學的語言學傾向，且以爲此亦可注意到「超出西方界限之外的文字之歷史和系統」。因我所談的，本來就是超出西方界限的中文（文字、文學、文化），是以理所當然地如他所建議：以文字作爲符號學最一般的概念。

雖然如此，我亦自知我與德希達貌合而神離。他談文字學，旨在瓦解西方柏拉圖以來的形上學傳統。瓦解此一傳統，固爲吾人所樂見，故吾人甚願引用其說，以見西方文化發展內中實存一大病灶，亦不宜遽爾援用二元對立的形上學體系來解說中文（文字、文學、文化）。可是我之用解構，其目的並不在解構而在建構。利用他解構西方之際，另建一整體的、統一的、中心的體系，而以文字爲此一體系之核心。此等做法，料當爲德希達所訶，完全與他的解構精神相反。

但從另一方面說，此或亦爲德希達之發展。因爲德希達雖說要建立文字學，要以文字作爲符號學最一般的概念，卻僅是說說而已，他沒能力做到。其後承聲嗣響者，也只複述他對索緒爾的批判而止，未能由其批判再進一步，討論文字中心主義的文化和社會到底是怎麼回事。所以我之所爲，倒行逆施，既背反了他，又發展了他。若附會點兒說，恰好便是解構的。解構，本是德希達對海德格（Martin Heidegger）「解體」一詞的法文翻譯，其含義並不只在表達解體毀滅之意，中文詞彙譯爲解構，既存解義，又有構義，方恰如其分。我之所爲，或亦如是。

再進一步說，德希達談文字學、談以文字作爲符號學最一般的概念、談新文本主體，都顯示了他對文字的重視，但我覺得這也是他最大的弱點。因爲西方人沒有文字的觀念，無論如何說文字，都仍只是書面語，亦即拼音的符號。故所謂以文字、以語言，其實仍是語言間的對諍。欲以此掙脫語言或語音中心主義，寧非奢想？

他與伽達瑪（Hans-Georg Gadamer）的爭辯，強調後期海德格不只說「被理解的存在是語言」，更要說：說話的不是人而是語言。就表明了人不是語言的主人，人不產生語言，只是言語在說話。人說話，則是因著語言在說。既如是，人根本不能逃離語言。則他對西方語言中心主義、邏各斯中心主義、在場的形上學雖然意存顛覆，但又如何能逃離它們呢？揚湯以止沸，抱薪而救火，只是更深地陷於語言的牢籠中而已。

所以我認爲：依德希達的辦法，既無能力眞正建立文字學，亦無法以文字爲最一般的概念來發展符號學，更無法眞正顚覆西方的語音中心主義及其形上學傳統。

對於非表音文字，德希達亦非未予留意，然其理解乃順著萊布尼茲（Gottfried Wilhelm Leibnitz）而來。萊布尼茲設想的非表音文字，亦即象形文字，被黑格爾稱爲：「聾子的閱讀和啞巴的書寫」，僅訴諸視覺而放棄了聽覺。在做此等設想時，萊布尼茲當然是以中文爲模型或受中文所啓發。德希達則與萊布尼茲一樣，以爲此種文字便是可以擺脫拼音體系的另一選擇。可是，中文根本不是這種非表音文字。中文裡，象形文字只有百來個；表音的字，亦即形聲字卻達百分之八十以上。故中文乃可表音可不表音的表意文字。這種脫離「語音／非語音」二元對立格局的文字，便非德希達所能深知。透過這個文字體系來看，宣稱要打破二元對立的德希達，不仍陷在語音與非語音的對立框架中嗎？

由於對眞正的文字體系缺乏了解，也使他的幾個觀念顯得夾纏、晦澀。例如用「分延」講意義的不定，用「播撒」講本文的裂縫，用「蹤跡」講始源的迷失，或將寫作與解讀視為本文的解構遊戲，說解萬端。但我相信讀的人泰半是一頭霧水，如「遊戲包括了意義的作用，或者說作用的意義，但不是把它們視為知識，而是視為文字：意義是遊戲的一種功能，它以無意義的遊戲的方式寫在某個地方」（見《書寫與差異》）云云，說得實在費勁。

可是，這在中國慣常「以文為戲」的傳統中都是極容易理解的事。以文為戲的性質正是如此。在以文為戲時，文不再成為作者表達自我和顯露意義的工具，文只是他這個文字自身。這個文字只重視書寫本身，也不太管表達了什麼，因此或滑稽突木梯、或叉牙格磔、或回文取巧、或妙對博粲，充分利用或張揚著文義的歧義、不定，文本的戲諧無序、套用等等。這些狀況，不就是德希達想要指明的嗎？倘或對中文裡以文為戲的傳統了解得再多些，我相信他持論會更簡要清通些，其理論也更易運用於文學批評（不會像現在，主要用在文化批評方面）。

當然，德希達本來其實根本可以不談文字的。跟聲音相對的，不是文字，而是無聲。海德格曾談過沉默、無聲、失音，德希達沒有抓住這一點，只就此說海德格在對待在場形上學及邏各斯中心主義時立場模糊，而未順此發揮之，至為可惜。

且聲音其實是複雜的，德希達沒有細分，如莊子那樣講天籟、地籟、人籟、大言、小言、大音、希聲；也沒有注意到無聲，如莊子說「淵默」那般。故其對語音中心的批判終不究竟，他不知

「道可道，非常道」，存有之本原，既然不在言說處，便當默而識之，乃竟去構思一套無本原的學說，雖以此博得了不朽的聲名，卻終不能見道。惜哉，傷哉，嗚呼尚饗！

二〇〇四、十、二十三

主權在民乎？

美國國務卿鮑爾談兩岸應「和平統一」，又說台灣非主權獨立之國家。政府急忙「消毒」，除一再向國人解釋美國政策未改之外，陳總統更出面大喊台灣是主權獨立國家，是個偉大的國家。曲學阿世的「北社」則破口大罵美國、大罵中共，LP不絕。我從網上看到這些消息，實在哭笑不得，不知該說什麼才好。

中華民國的主權問題，清清楚楚，載於憲法：主權屬於全中國人民，領土則包括大陸及台澎金馬。若說台灣，則台灣國既未成立，何來台灣主權之說？若要有台灣主權，就要修改憲法，或制定新憲，建立台灣國，才有台灣主權可說。但因中華民國主權屬於全體中國人，因此除非全體中國人（或代表人民之政權機構，台灣是立法院，大陸是人民代表大會）同意，否則台灣從法理上就不能獨立。加拿大魁北克、英國愛爾蘭要獨立，都不是魁北克、愛爾蘭人自決、公投就獨得了的，即是這個道理。

而我們的問題更複雜。因爲英國、加拿大都只有一個政府，而咱們是兩個，中華民國憲法及中華人民共和國政府，均聲明著統包全中國的主權，所以這才麻煩。我們要維持憲法的聲稱，即必須跟老共打交道，商量這主權鬧雙包的問題怎麼辦。若我們準備扔掉憲法，沒說的，也還是得跟老共

（其實是全大陸的中華民國人民）去商量。

否則，原有的家當及人民我們雖然不要了，人家可不願把在主權聲稱上屬於他的東西讓出來。也就是說，我們縱使比歷史上任何一位喪權辱國的政權還糟糕地割地輸誠，人家卻仍認爲我們奪走了屬於中國人的台灣土地。你說，這能行得通嗎？

扁政府搞不清楚情況，用一套自以爲是的歪理在自我催眠，亦以此催眠國人。本是爲了奪權、鬥國民黨，現在自己也信以爲眞，等到美國明講台灣非主權獨立國家了，還要忘情大喊台灣是個偉大的國家。嗚呼！莫說今尙無台灣國，就算有台灣國，有見過如此天災人禍頻仍，政府施政荒腔走板之偉大國家乎？

老實說，我最討厭談主權。國家主權是個虛擬的概念。名義上國家主權屬於全體人民，其實呢？國家只掌握在政客手上。他們用詐術或暴力，掌握了國家機器，便來統治我們，我們能怎麼樣？明明是他們自己要幹總統要當官，要做這要做那，偏拉我們來背書（例如選舉，說是人民支持他。天哪！人民幹嘛不支持自己，要支持他？他支不支持我呢？）或以我們的名義去做壞事（例如送錢給別人，做自己的關係，粧點自己的政績，而要我們買單），所以政客都說要爲人民服務，其實是人民爲他服務。政客都把主體說得神聖不可侵犯，可是侵犯人民主權最厲害的正是他。故曰：「所謂君者，民之蟊賊也。」現在，陳某某又未經我同意，就在那裡亂談屬於我的主權（我不就是主權的一個所有人嗎？），我很不爽！他害我今天多吃了幾張大扁餅，吃得太撐，更不爽！

二〇〇四、十、二十七

偉大國家之作為

美國國務卿鮑爾關於台灣主權的談話，在美中台三角關係上投下震撼彈。相關評述，近兩天各方論析已多。基本上大家都認爲這是近年扁政府一連串動作逼使美國必須做此說明，而明確說出美國不支持台獨也不承認台灣是主權獨立國家，對民進黨及政府，頗有令其頭腦清醒之作用。

我則認爲：整個情勢，固然是我們自己造成的，自己把自己逼上了死角；但扁政府的特點乃是死鴨子嘴硬，越是「敵人」以爲不妥的事越要硬幹。因此美國此說非特不能點醒之，恐怕還會激得陳總統做出更激烈的動作、說出更離譜的話。日前陳總統說台灣是主權獨立國家，且是個偉大的國家，便是這種表現的典型。民進黨內部都有人覺得如此說法愈發突顯國與國的架構，有欠妥當；聽在美國及中共耳裡會作何感想，不難想像。未來陳總統再沿續這樣的風格，台灣的處境自會愈爲艱難。

可是，正如前述，越是批評陳總統不對，要他朝對的方向走，他就越不聽，故我們對此已不願再多所論述。反之，我們要順著他的話講。陳總統不是說台灣是偉大的國家嗎？台灣當然可以偉大，但如何偉大呢？要偉大就需有使其偉大的作爲。與其陷在高層次、抽象的主權問題上打口水仗，不如做些實事，逐漸讓台灣偉大。

該做的實事很多，例如救災援溺，不應再抱持著作秀的態度，以致防災未成，反釀新災，讓記者送了命；或搶修鐵路，圖利日本貴賓而未將民眾利益放在首位等，都是亟應改善的。再這麼做，台灣就永遠也不可能偉大。

在兩岸關係方面，政府更不應繞著主權、對等等問題談，有幾件事應趕快做。一是直航。直航從前是大陸希望促成，而我方以之爲籌碼的，現在情勢不變，我社會渴望及早通航，而大陸不惜拖緩，且明說不與我政府談。此時政府就須發揮智慧，整合民間力量去跟大陸談，不必拘泥於官方或海基會。直航若能談成，兩岸關係自會有實質的改善，我經濟發展也可有起色。二、大陸勞工開放來台。目前我方經濟發展之問題，勞工短缺乃其中重要一環。現今以外勞因應，造成不少社會問題，故開放使用外籍勞工，實不如開放大陸勞工。而事實上使用大陸勞工，在許多領域也已非常普遍（例如漁業），應予合法化。三則是採認大陸學歷。不惟赴大陸讀書者已越來越多，台灣大學招生率不足、新生兒人數下降，更須開放大陸學生來台就學，才能解決窘境，因此兩岸學歷相互採認也勢在必行。這些事，若能辦成，國際觀感勢必不同。陳總統雖是笨人，也應該會知輕重才是。

二〇〇四、十、二十八

江南旅中雜記

旅中事雜，分項述之：

一、陳亮學術研討會

浙江社科院主辦，由陳亮老家永康市支持。會議慣例是沒啥好說的。我寫了一文，論詞史上的陳亮。陳亮是個倒楣的人，生時倒楣：考中狀元，還沒晉官就死了；有志於伊洛理學，而又不被程朱一派所認可，朱熹且以他爲大異端；有志作詞，而南宋幾乎沒有一個人評論他。如此衰運之人，近來竟大走老運，牟宗三先生認爲他與朱子之辯論乃中國十大論難之一，言思想史者遂多稱道之。反對程朱理學的人，又拿他當旗子，大批道學。有心功利者，以他爲招牌，大講經濟事功；老鄉們則用他爲號召，談永嘉金華浙東學派。如是等等，一個倒楣的陳亮居然鹹魚翻生，大紅大紫起來。可是，哎呀，陳亮可眞倒楣，從牟先生以下，談陳亮的人，基本上就全是誤解，什麼「義利雙行、王霸並用」，陳亮有知，只好再氣死一次。至於打他招牌做經濟發展之用者，更無論矣。

話雖如此，地方政府有錢沒處花，乃現今大陸之普遍現象（恰好與台灣相反）；能把錢用在學術上，仍是可喜的。文化事業，自然也須地方政府之支持。

二、杭州西湖

西湖屢來，而從不覺厭。湖上花樹、雲影、天光、水氣，無一不佳。天下湖泊，好看的很多，許多都自稱似西湖或賽西湖，而實無一比得上西湖。我二十九日晚上到，住新新飯店秋水山莊，次日即經斷橋、柳浪聞鶯去花港觀魚，遊章太炎張蒼水紀念館、馬一浮蔣莊、俞曲園故居、蘇堤、西冷印社，下午又去抱樸道院。西湖遊覽設施日益完善，湖濱張靜江、蔣經國故居、菩提精舍、瑪瑙寺、智果寺、鏡春廳等，均修葺一新，公廁尤可稱道，各旅遊點也不收費，實在令人耳目一新。

三、富陽

杭州之美，不只在一湖，在於周邊城鎮無不可遊。三十一日與會諸君要去永康玩，我因還要去南京，不能去，乃跑去富陽。

富陽桐廬一帶，是黃公望富春山居圖所誌之地，山容水貌，沒得說的。富春江，在富陽形成了一個灣，浩瀚煙淼，竟若一大湖，水色湛青，無怪嚴子陵在此流連不肯去也。我只有一個上午，故只去了鸛山。

鸛山有書院，郁達夫松筠別墅亦在此。其兄郁曼陀血衣塚也在。兩兄弟都被日本人所殺，故有祠祀二郁。山上別有同治年所建「春江第一樓」，下有嚴子陵釣魚處，皆可流連。

由富春出，再去龍門古鎮。鎮號稱孫權故里，其實非是，乃孫權後人遷居於此，故居人皆姓孫。孫中山則爲孫權弟孫匡之後，不知何代遷至廣東。鎮多明末建築，修深可喜，曲折通幽。我見有一酒鋪正製酒，遂向老者賒了一碗紅高粱新釀的酒喝了，才出往「龍門客棧」午飯。這種古鎮、農家菜模式，也是大陸近年普遍的現象。城市周邊的農村小鎮，藉此發展經濟，但樸素與粗俗，水準不一。富陽算是樸茂的了。

四、淮安

由富陽返杭州乘火車，經上海、蘇州，抵南京，已夜八時，再乘車三小時達淮安。此地我九月初才來，此番再臨，乃應「第二屆海峽兩岸中華文化與現代化研討會」之邀。這是什麼會呢？與陳亮會相同，此會受淮安市政府大力支持。但情況不同者，在於此會名義上是葉聖陶研究會所辦，而實際是民主黨派「民進」中央所策劃的，故今開幕式上冠蓋雲集，文化部、統戰部、國台辦、民進中央都有大批人馬屆臨。會議內容，當然不問可知。我爲人情所困，不得不跑此一趟，風塵僕僕，所爲何來？唉，爲的不是這宏偉的主題，而是那秋風中的大閘蟹呀！

二〇〇四、十一、一

中華文化現代化？

在淮安二日，獨遊清晏園、慈雲寺、文廟、周信芳故居等處，花樹寂寂，半無人跡，而會議亦無甚可述。偶逢一人，問：「會議都有哪些人參加？」答：「多啦，無非是過氣官僚、退休教授、不得志的文人。」對方笑道：「哪老兄居於何等？」曰：「我三者都是！」相與大笑。

會議談不出什麼名堂，原因當然不在此，主要是這個題目大家對之既爛熟而又不了解。爛熟，指它談了快一百年，所以每個人對之都可以扯扯；不了解，則沒別的涵義，就是指大家眞的是不懂。

「中國傳統文化」與「現代化」，這個題目中的AB兩項，乃是全然相斥的關係。因爲「現代化」從定義上就是說一個社會要拋棄傳統以轉型爲現代社會，傳統文化乃是現代化之障礙，要揚棄之物。從五四運動到文化大革命，我國走的都是這個路子。（文革之後，大陸「撥亂反正」，不再破棄傳統，可是居然大力宣傳要進行四個現代化，不是胡鬧嗎？）

把兩者之關係解釋爲非相斥關係，是修正現代化理論者的傑作，這些人都是捨不得把傳統文化丟了的，所以各自發展了一些論述策略，欲修正現代化理論。其一是說：社會固然要現代化，但傳統文化也有好的一部分，可以保留，不必倒澡盆水時把嬰兒也倒了。因此，此一派便有「取其精華，棄其糟粕論」、「現代社會仍須講倫理道德論」、「傳統文化不礙現代化論」、「以傳統文化爲中國特色之現代化論等。」其二則說：傳統文化其實無礙於現代化，也可開展出現代化。歷史上未開出，並不代表它在質性上不能開，只要經過「良知的自我坎陷」等加工，它也是能開出自由民主科學的。此說已較第一路說法更進一步，認爲二者不僅非相斥關係，更是同一關係。第三說比第二說還要強些，謂傳統文化可以積極促進現代化。八十年代「東亞儒學與經濟發展」的論調即屬此。認爲韋伯講錯了，儒學也可以發展資本主義，且可能比西方老牌資本主義發展得更快更好。

這些修正主義的基本問題是：都不敢攖現代化之鋒，都承認現代化的價值與必要，所以要以傳統文化無礙於或有助於現代化爲說。換言之，看起來是傳統文化的護衛者，其實是拉傳統文化去做現代化的啦啦隊。傳統文化有沒有價值，要以現代化爲標準來估量。既如此，這些修正論者又怎麼可能眞正動搖、修正得了現代化論？傳統文化不正透過現代性的價值重估而被揚棄轉化了嗎？現代化論者對此類說法嗤之以鼻，良有以也。

因此，這些修正論都是虛軟的論述。眞正要面對現代化理論，是要問：現代性眞是種好東西嗎？現代社會眞是人所需要、符合人性的嗎？我們犧牲文化傳統以追求現代化，値得嗎？

亦即：現今吾人需要的，不是追求現代化，而是批判現代化。

自有現代化，即有批判它的思潮。二十世紀初，文學藝術上的現代主義，便不是教人追求現代，而是去揭露現代人奇特的精神處境，例如喪失了信仰，離開了家庭，活在科層體制和都市水泥叢林中，人與人的關係疏離而陌生，孤立的個我，遂成爲失落了意義的無根浮萍等等。厥後各派理論，奇峰疊起，賡續發揮，不勝枚舉。如生態論者，大力批判現代社會的機械宇宙論、竭澤而漁的發展觀、宰制自然之科技工業等，形成了自然生態主義。哈伯瑪斯認爲現代社會的理性觀，只是工具理性之擴張，但價值理性、道德實踐理性明顯不足，故提倡溝通理性以濟現代化之窮。丹尼·貝爾講後工業社會，則是說資本主義工業社會存在著內在的文化矛盾：它由韋伯所說的新教倫理所促動，可是發展下來，卻成爲刺激欲望、鼓勵消費、羅掘資源的形態，與新教倫理的入世禁欲精神恰好相反。故後工業社會所應強調的，不再是現代性，反而是宗教精神。德希達的解構主義，則全力去瓦解理性所倚賴的邏各斯中心主義、二元對立的形上學。其他批判現代社會中科層宰制、科技災難……等，林林總總，實已蔚爲大觀。至於馬克斯一路思想，包括後來的世界體系依賴理論、全球化理論，更都指明了東亞國家之現代化並非其文化內部產生了變遷，而是複雜的國際因素使然。

對於這些學說，我們也均予介紹過，或批發或代理或零售，各有名家。但依樣畫葫蘆，學舌一番而已，殊少抓住其總體精神。總體精神是什麼？就是對現代文明的不滿，而籌思改善之道。

我們的情形恰好相反，我們對現代文明是豔羨的，希望我們能早日擁有這份（西方人大力抨擊唾棄的）現代文明。所以包括那些批判現代性的學說，我們都把它當成西方現代文明來擁抱，以促進現代化。

這種總體精神方向上的差異、文化處境上的不同，也讓我們根本無法體會到：傳統文化之扞格於現代文明之處，才正是它有價值的所在。相對於二元對立、人天破裂、宰制自然的形上學，中國本來所講的天人合一、陰陽相濟，不就是當代西方批判現代的生態自然主義者所想要發展的思想嗎？相對於現代社會張揚工具理性，而道德理性、價值理性不足，中國原本所強調的倫理精神，不是恰可藥此頑疾嗎？過去被認爲封建、宗法、保守、落伍的那些東西，透過西方後現代情境中一些思想的反思，不是讓我人驚覺到中國傳統文化其實含有豐富的「先後現代性」（pre-postmodernity）嗎？

如此說，當然不是挾洋以自重，而是要告訴仍在講現代化的先生們：現代化是落伍的論調、現代社會是有缺陷的居所、現代文明是要批判超越的。批判並超越之，其資源就在中華傳統文化中。

怎麼樣，你不服氣？覺得我這新國粹派太囂張了，你偏不肯「驀然回首」，那也沒關係，去看看你那西方宗師門吧，他們可是「眼前無路想回頭」了呢！

二〇〇四、十一、三

悲秋

自南京返回北京，陡然吃了一驚。除了涼飆倏至之外，更因那一地落葉。

上週離開時，固然也冷，但木葉尚僅微黃，鵝黃色的樹林，裹在輕寒但明瑟的空氣中，感覺乃是清朗的。去到杭州，看見湖上居然荷葉亭亭，柳浪聞鶯不只有鶯，還滿是蟬鳴，也一樣吃驚。但驚中無感慨，只覺得那是南北地氣的差異罷了。如今由南方再回來，不過數日，木葉竟由鵝黃轉金黃，更多的是變成焦黃，風一吹，就撲撲撲捲飛四散，再落下來，把地都鋪滿了。這就是歲月。歲華可念，飛走的是理想，落下將要化作泥的，則是生命。

與小女去食堂吃飯，出來時，風大作，木葉紛紛，想起古人形容春天是「桃花亂落如紅雨」，此刻卻是秋末的黃葉雨。女兒仰起頭看看天，說：「看，天好高哪！」我說：「秋天本來就是秋高氣爽的。可惜秋老了，就要盡了，宋人的詞：『碧雲天，黃葉地，塞上秋來風景異』，正是此景。」她不以爲然，認爲風景異也未嘗不好，滿地黃葉乃是異樣的美：「明早我起個早，我們一道去校門口把那棵大樹拍個照，否則馬上就落光了。你看，我們吃頓飯出來，這些樹就禿了許多。這麼漂亮，不照怎麼行？」這次，我不跟她鬥口了，因爲，我也想留住秋光。

夜裡，風簌簌響，下起一陣陣雨。我去取水，走進門房，女侍正在爲滿甬道飄進來的黃葉煩惱，嘟囔著：「掃都掃不完吶！」我到門口去幫她看看。哪有什麼雨，只是風翻攪著樹葉罷了。呀！此即秋聲！宋玉之悲秋、歐陽修之賦秋聲，亦此類也！遂作一詩，曰：

客舍聽秋雨，乍疏乍驟聲；流離知歲序，慷慨念吾生。
感茲涼飆起，發此萬籟鳴，出門觀雨勢，無雨夜方清。

從前，包世臣曾針對宋玉之悲秋，作了一篇〈反悲秋〉。客中無書，我記不準，大約是說：「遠行洵必有歸兮，胡憭慄以喪吾寶？無友生以惆悵兮？盍卻掃而樂其道？信反躬之足逍遙兮，又何有於蓄怨？」把悲秋的人都看成是不得志者，謂士不遇故悲，因此才勸說大家貞固自守就好，勿以遠謫無友以及君主不見用而哀傷。殊不知，「春女哀而秋士怨」，固然有不少是傷失時、悲不遇的，但也有不然者。晉衛玠過江，見江水，曰：「對此茫茫，不覺百感交集」，詩人之興，亦是對此秋氣，便不覺情溢於中的。感秋聲之寥泬兮，惜此秋光，豈只為一己之得喪縈懷也哉？

二〇〇四、十一、四

蝸咏三章

蝸咏三章致龔鵬程教授：

斷腸聲裡話前因，我亦當年世説人，一自移根棲嶺嶠，故園風土不堪親。

竟日佯狂究可哀，天生有用孰憐才？風流數盡三千輩，不見英雄入轂來。

獨愛風流惜此身，行藏在我任時人，只今別訪名山去，高蹈煙霞望絕塵。

昨日，手機忽然傳來簡訊，且是如上三首絕句，令我大感驚異。署名「華一呆」。似是故人，卻不知確為誰某。詩似定庵，尤足稱奇。今又得其簡訊，曰：「不古不今，亦古亦今，即今即古，無古無今，有心有史，有史有心，心亦即史，史亦即心。」若讚若謔，而又正切我脾性，愈疑之，豈友朋相戲乎？

自來大陸，便與昔日朋輩、江湖恩怨、師友是非隔絕邈遠。住北大，除上課或一二讌聚之外，其實亦絕少往來。日日坐湖上，仰觀浮雲，俯鑑流水，逍遙於長楊疏柳間。平生息交絕遊，無適於此三月者。雖或出遊，奔波道途，訪古攬勝，殆亦以一人獨行為主。期間所賴與各界通音問者，乃是網路。謝謝明芳爲我製作的這個網站，可以任我放筆塗抹，令關心我的人知我還在人間吃狗肉，且仍繼續禍災棗梨。也令我可以獲得不少遠方友朋的來信，相與弔慰。如今，又有手機簡訊加入啦！

華君惜我終日佯狂，嘆此天生有用之才，世無能憐而用之者。甚感！甚感！但我非佯狂，乃是眞狂，本性如此，是否可哀，自然也就無從計較。至於用不用世，非我之損失，而是台灣社會的損失，我也不能代之計較。且袁枚《隨園詩話》卷五嘗云：「余春圃、香亭兩弟，詩皆絕妙。而一累於官，一累於畫，皆未盡其才。」我亦累於官、累於辦學、累於其他藝能、累於諸般文化活動太久了，自當稍事檢束，擇一個能盡吾才的方向去盡情發揮。想那孔老夫子，若非遍干七十二君皆不見用，豈能讓他從容「刪詩書、正禮樂，雅頌各得其所」？

（這是在蘇州返北京車上寫的。上週三夜裡才由淮安經安徽、南京返北京。周五晚就再與陳平原乘夜車抵蘇州，參加蘇州大學所辦「文學史百年」研討會，與黃維樑、朱壽桐、陳國球等見了面，甚好。會中抽空獨遊拙政園、獅子林、滄浪亭，尤佳。王堯則領我去吃大閘蟹、花江狗肉，清腴各得其所。如今匆匆再搭夜車返北京。軟臥艙中皆不相識者，亦不攀談，各擁被而睡，似乎彼此都有些提防著別人哩。）

二〇〇四、十一、九

文學史迷霧

去蘇州大學參加「文學史百年研討會」，有個發言，談了一下文學史研究的性質，補錄於此：

文學史百年：這個詞，可以理解爲自林傳甲、黃人寫作文學史迄今已有一百年了；也可以說是文學史這個學科建置已達百年；或者也可指這一百年間文學的歷史；乃至百年來對文學史的理解。第一解，談的是文學史的寫作問題；第二解，講的是文學史教學問題；第三，指文學創作；第四，論文學觀念。這些，大概也都是我們現在必須要討論的。文學史百年，就得反省這所有的問題。

史學，乃是通古今之變的學問。古代人論文學之變遷，亦曾有南北分疆、文質代變、三統繼興、五行休王諸說。但對文學發展歷程的解釋，除《文心雕龍》以外，大多囿於文體或朝代，沒有通史型綜述的文學史。有之，自黃人、林傳甲始，這當然是値得紀念之事。當時編寫此類著作，主要是教學之需，一時權宜，竟成百年定制，偶然之中，殆亦有必然之因素。

不過，百年來，在林黃諸君著作之基礎上踵事增華，固然蔚爲大觀，但此一學科依然是屢遭詬病的學科，令人滿意的文學史著也仍在期待中。文學史著雖多，泰半缺乏自覺的歷史意識，只是歷代文人及文學作品簡介罷了，很少人注意到文學史乃是文學的歷史研究，僅從文學研究的角度去看。文學研究分成三大塊：文學理論、文學史、文學批評（鑑賞），三者彼此相關。殊不知文學史有它獨特之處，不盡屬文學範疇，文學理論也有許多根本難以用諸文學史。

例如結構主義本來就不作歷時性研究、原型批評探尋人類共通的心靈象徵，都與文學史難予搭掛。解構批評、心理分析，在書寫文學史時，也是不易使用的。近年文學理論界不甚討論文學史問題，或將文學史研究排除在文學研究之外，內在原因即在於此。某些流派，如新批評，根本反對歷史傳記考證，勉強要說，也僅將之視爲文學的外部研究。此固爲一偏之見，但亦可見文學史既有文學之性質，又有史的部分，非僅可以一端求之。而不幸的，就是這屬於史的部分，恰爲我文學研究界所忽略或不熟悉。百年來，史學理論多有嬗遞，新史學兩次浪潮、年鑑學派、新歷史主義、計量史學……等，在我們的文學史著中甚少影響，與古代史學之關係也不深。偶用馬克思歷史唯物辯證史觀，或附和政治史社會史之框架，參錯文學事件而已，此豈足以言史乎？

缺乏自覺的歷史意識，甚少參考史學理論之外，我們的文學史寫作與研究，似乎也未注意到：我們不只是在討論一物在歷代的變化，或文或質、或綺或清，更常是在研究歷史中名之爲文學的那些不同物事。

例如春秋戰國時期的文學，指典籍文獻；六朝之文，蘊含文筆之辨；唐人之文，亦顯與六朝異指。就是林傳甲的文學史，所敘亦與今日吾人所云之文學不同，涵文字、聲韻、訓詁、修辭、諸子等。林氏之後，如謝无量《大文學史》，所敘亦涵目錄學、史傳體等。在文學這個詞底下，其實指涉著許多不同的東西。

因此，說明各個時代把什麼東西稱爲文學，又把什麼排除在文學領域之外，這種文學觀念之變遷，更是文學史之要務。可是我們在這方面其實致力甚少，通常只是以現在我們定義的文學做個篩網，把歷史上符合這個定義的東西篩檢出來敘次一番。或以文學爲自明之一物，逕說其流變發展。這種缺乏文學觀念之探究的文學史，充斥於坊間，自然也是吾人所需改進的。

二〇〇四、十一、八

逗秋

「華一呆」謎底揭曉，原來是陳興武兄，害我嚇一跳，以爲神州又出一古典詩高手。興武能詩，能爲駢文，今世不可多得。八月底我在香山開中文電腦資料庫會議時，與陳肩兄相與唱和，已令我驚異。如今弄此狡獪，又讓我吃了一驚。

八月間興武兄曾示我一文，說文史研究院人文系統製作成功後，要試機，結果弄了一篇文章叫《關於余秋雨先生引文的疑問》去試，印出來，觀者捧腹。後來該文刊於《中華讀者報》，興武遂也寫了篇戲評，把余秋雨著實揶揄了一番。例如余氏把「北越」誤作「北海」，南北顚倒，興武曰：「北越遙將北海通，居然相及馬牛風，從知人定勝天定，強奪鬼神驚化工。」等等。又有詩與陳肩聯句戲嘲余秋雨云：「未放秋心歸澹泊，難收雨腳斷煩憂，多情借我餘生計，無悔青春到白頭。」批評余秋雨迭經人指出錯誤而死不悔改。此類事，皆可備掌故。

余秋雨也可憐，暴得大名後，有些忘其所以，言行遂不免落人口實。其實批評者說他曾在文革期間擔任工作，或指出他作品中的錯處，都不是什麼大不了的事，承認便是，何苦一再粉飾、一再倔強，而終至左支右絀，弄得連他本來是位學者的身分或資格都令人起疑了?

曾出版《石破天驚逗秋雨》的金文明，近又增補舊作，改名《月暗吳天秋江冷》火力追擊，重砲轟擊余氏剽竊、竄改史事、飾非拒諫、錯引亂寫之病，洋洋大觀。余秋雨照例默不吭聲，而由其弟子所寫的《我師余秋雨》卻堂皇上市，避開學術問題，描繪個人風采，看來也將大賣。這或許可以爲余秋雨扳回一些顏面，但恐怕不是學者文化人該有的做事方法。余秋雨或許該想到：文史研究院要試機，居然弄了篇痛批他的文章去試，就可知他在學界其實已成了個笑柄，徒驚俗世聲名，又有何用？

唉，怎麼扯到余秋雨去了？北京秋雨已盡，冬天到了，七日便已立冬，我準備十三日回台灣，二十二日再回來。那天就是小雪，小雪的北國之冬，會是什麼景象呢？

聽說台北今天高達三十二度，熱得很。教育部又發神經病，搞個新的歷史教材綱要，把中國史與台灣史切開，中華民國已歸入中國，且差點成了古代史，台灣則主權猶未定。鬧得台灣人心惶惶，眾家辯士又逮著了個好題目，大吵特吵，更是熱到不行。跟台灣相比，大陸上這些文人筆墨官司、「學術打假」，實在是小巫見大巫，秋意闌珊中一抹小風景而已。秉國者，沒本事安邦治事，只好把社會搞亂，拋些題目來讓內部不斷爭吵、銷耗、彼此仇恨、相互詛咒、保證殲滅，乃陳水扁杜正勝諸君之絕技，余秋雨學不來的。相較之下，我又只好喜歡余秋雨。咳！上無道揆，下無法守，這是個什麼時代呀！

二〇〇四、十一、十

故壘蕭蕭

返台一週，回了學校，去了台中，少不了喝了幾趟酒，見著了許多人。友情溫慰了遊子，時局則刺痛著心靈。明芳要我寫點感想，不知如何下筆，姑且從教育部談起。

教育部近日因歷史教材綱要之爭，引發重大爭議。但由於爭議太大，且具高度政治意涵，反而掩蓋了教育部在其他政策施爲上的偏差，國人很少會注意到目前我們的教育正在走向荒腔走板的境地。

例如：教育部日昨已確定將國內現存六所師範學院全部升格爲教育大學，且明年就要實施。這不是驚人的消息嗎？但幾乎沒有人注意其中蘊含著許多荒謬：

一、各師院方向、設備、師資、教學均不佳，在目前大學環境中缺乏競爭力，教育部才在去年推動「師範聯合大學系統」計畫，希望能藉此聯合，把師院提升起來。可是沸沸揚揚搞了一年，杜正勝部長就職後，立刻改弦更張，將聯大系統停了，倒是同意六所師院升級。政策反覆，不是如兒戲一般嗎？

二、所有學院，若要升級改制，都是自己先發展，在校地、校舍、師資、設備、教學等各方面都達到大學的水準時，才能同意它升格改制。現在，六所師院在這短短一年內有什麼飛躍的進步，竟忽爾脫胎換骨，可以升級稱爲大學了呢？沒有，什麼都沒有。是教育部由上而下，政策決定它升級，它們明年就都是大學了。如此這般，莫說對其他學院不公平，對社會也有點掛羊頭賣狗肉之嫌，對大學教育不啻一大諷刺。

三、要升級成爲大學的這些學院，明年就要以大學名義招生了，到現在其實都還搞不清楚將來的方向和院系規劃。因爲這是教育部「師範轉型發展指導委員會」負責的，目前才剛決定了各校轉型的方向，各校的組織調整則均未定案。

四、台灣大學已如此之多，教師也供過於求，師範學校原應裁抑才是，如今卻一下增加六所教育大學，試問台灣爲何需要六所教育大學？

五、教育部近年高教政策另一主軸就是推動各校合併，或組織聯合系統。促進花蓮師院和東華大學合併失敗後，刻正全力壓迫清華與交大合併。師範聯合大學原亦屬於這個計畫，可是現在卻是放棄它，改由各校各自升級發展。一則促其併，一則使其分，兩者相反，徒顯教育部施政之自相矛盾。

六、無論是清華交大的合併案，或這六所師院的升級，都是教育部強力主導介入的。部長杜正勝卻在日昨參加台大校慶時大談「大學人管大學事」、「教育部根本沒有能力，也不應該再管大學的事」。話說得漂亮，但對照教育部的作爲，不讓人感到哭笑不得嗎？

教育的問題多矣，荒唐者不只此一端，今舉此爲例，是因此例恰好與陳水扁施政之風格相符，具有典型意義。以上六點，一是指政策反覆，變來變去。二是注重名號，不管實質，猶如整天說要爭取台灣的尊嚴，要以台灣名義加入這加入那、要成立台灣國，而根本對如何提升台灣教育文化經濟體質內涵毫無興趣，誤以爲一顆爛番薯一旦改稱台灣國便金光燦爛，可博人尊重了。三是施政喜歡由上而下，結果統帥無能，累死三軍，大家也都不曉得國家將來會變成什麼怪樣兒。四是好大喜功，不顧社會實際之需。五是政策互不配套，自相矛盾，彷若一個人神經分裂般。六是說一套做一套，好話說盡時不妨壞事做絕，而話也往往前言不搭後語，令觀聽者也幾乎要爲之神經錯亂。

台灣哪！我出生、成長之地，爲何現在變成這個樣子？從前，特別是在大陸文革那段時期，我一直以生在台灣自豪，覺得這是個中華文化碩果僅存之地，對發揚此一珍貴的人類文化遺產有不可磨滅的貢獻、價值和地位，因此也努力奉獻我們的心力，想讓這個社會變得更好，讓這個價值更能彰顯。誰知社會現在變成了一隻怪獸，行將呑噬我們？昨在宜蘭，開會逢陳捷先師，談及逯耀東先生發表公開信責其弟子爲新政府作倀的事，我問他：「逯先生栽培弟子，如今見此，自是傷懷。吾師三十年前首倡台灣史研究，辦台灣史蹟源流會，培養台灣史人才，如今台灣史變成這個張牙舞爪的模樣，當同一嘆。」師亦慨然。

這就叫做背叛。我們曾經遭遇過情人、朋友、學生的背叛；現在，則是整個社會的背叛。那仍不願背叛自己理想的人，看起來，遂像是傻子一般。

返台一週，歷事甚多，不能一一論列，論此可概其餘。總之，不外劉禹錫〈金陵懷古〉那幾句話「人世幾回傷往事，山形依舊枕寒流，我今四海爲家日，故壘蕭蕭蘆荻秋。」台灣是故壘，佛光大學也是，山上的蕭艾，也盛開了。

二〇〇四、十一、二十一

儒學發展多元化

吳光兄主編今年春間在杭州所開儒學會議之論文集，要我補一篇開幕講話。我平日開閉幕說話並沒稿子，因此略依記憶補誌大要云：

大家都曉得，在全球化的時代，也是地方文化獲得重視與發展的時代。因此，國際上均把儒學是否復興、是否重新得到重視，看成是評估中國是否已恢復民族自信心的具體指標。相較於二十世紀初將儒學看做中國現代化之障礙，欲去之而後快的景象，現今無疑要好得多。雖然仍有不少人擔心提倡儒學會不會同時也恢復了封建意識、憂慮文化保守主義會不會遲滯了中國的現代化，但整體趨勢畢竟有利於儒學之發展，社會普遍態度是支持中國人仍要重視傳統文化的。

儒學發展能有此等基礎，得來不易，吾人自當珍惜。可是相應來說，我們的儒學研究，又對此等時勢機遇有何把握與發揮？這恐怕正是我輩學人應感到慚愧之處，我們的研究確實頗有不足，尚不足以因應時代之需。

舉例言之。在二十世紀八十年代，我們就熱烈探討過儒家倫理與經濟發展之問題。因爲根據早期韋伯的論斷：儒家倫理不同於基督教喀爾文教派「入世禁欲」之態度，無法產生資本主義，因此，若欲發展資本主義，似乎就只能擺脫儒家之束縛。可是二十世紀七十年代日本與所謂東亞四小龍（韓國、台灣、香港、新加坡）的經濟發展，卻顯示了儒家文化圈強盛的經濟活力，故刺激了東亞儒學與經濟發展這個論題的興起，不但往上追溯明清時期的商人倫理，也涉及不同資本主義倫理內涵之比較，或世界華人經濟網絡之討論等等。可是，由於東亞金融風暴，重挫了四小龍的經濟榮景，加上日本泡沫經濟崩潰，使得這個論題彷彿也戛然中止，迄無進展。其實這個論題本來就可以不那麼狹隘，只用來「證明」儒學無害於或有助於資本主義之發展，它應當是要形成一種儒學經濟學式的討論才好。

目前，對儒學與政治的探討，業已展開，這是繼二十世紀八十年代談新儒家、講心性論存有論之後，一種關聯於社會面的研究，希望能重新探索儒家「內聖」之外的「外王」之學。這當然甚爲可喜，也值得期待。但外王並不只表現在政治領域，在經濟事務方面，儒家之觀點如何？可有助於今日社會發展之取鑑乎？在佛教部分，如蘇馬赫（E. F. Schumacher）《美麗小世界》便提倡佛教經濟學，欲以藥資本主義經濟發展之病，可是儒家作爲世界一大思想資源，在此卻默爾無言，既無法對現今之經濟活動提供思想助益、現象解析，也未聞有何積極經濟主張以針砭世俗。僅高談心性、論析存有，無法介入吾人之生活世界。這樣，豈可饜時世之需耶？

又如：大陸現在已有六十多個城市、五百萬個家庭的兒童接受了讀閱經典的教育。這代表了社會上對重新接續傳統文化血脈的教育需求，是非常值得重視的現象。但迄今此種兒童讀經活動，只有少數學者關心或參與推廣，並未獲得整個儒學研究的理解或支持。即或參與，也只是推廣而已，對於經典之價值、閱讀之方法、與教材教法乃至教育體制之配合關係，均乏探析，更不用說持與西方經典教育衡量比量了。我們儒學界，長期以來，只會做研究，不擅長做結合社會實踐的具體工作。研究又只集中在做學者思想之分析、或某某學說之討論，用一些抽象術語、概念談談道德主體、天人合一，固然可講得頭頭是道，可是儒者出於司徒之官的教育本業卻不免荒疏了，對儒學教育理論及其應用的探討顯然不足。

而過去二十年來，文明衝突的話題、宗教對談的活動，都極爲熱門，跨文明對話已成當今之顯學，但平心而論，我儒學界在此成績爲何？儒家與基督宗教的比較與會通，久無進展，近年並沒有什麼新猷。儒家與伊斯蘭教、與印度教、或與道教佛教的交談對話，績業亦甚有限。至於儒學與當代學術，如女權主義、後殖民主義、新東方主義等的對話，事實上也是不夠的。

凡此等等，非敢苛求，只是表明在這個新的時代、新的環境中，儒學發展多元化的格局業已展開，我們實在還有太多的事要做，需要我們共同協手努力。我想，這也是本屆會議最主要的意義所在，謹以此與我道共勉之。

二〇〇四、十一、十二

華語教學之淪陷

大陸於一九八七年成立了「對外漢語教學領導小組」，由教育部長擔任組長，該機構簡稱「漢辦」。邇來此一機構正推行一項大計畫，準備在全球建一百所孔子學院。韓國的漢城孔子學院已於十一月廿一日正式掛牌招生運作。

所謂孔子學院，是類似西班牙塞萬提斯學院、德國歌德學院、法國法語聯盟、英國英國文化委員會之類的機構。乃是運用國家力量，面向世界推廣該國語言文字教育和文化交流的組織，所以選擇用具有該國文化教育象徵意義的人物，例如歌德、塞萬提斯、孔子來做招牌。

這樣的機構，說穿了，就是對外漢語教學點。但把這些漢語教學點用一個架構組織起來，而且以孔子爲名號，卻頗見巧思。其設想是：孔子學院總部設在北京，境外的孔子學院則爲其分支機構，採用中外合作的形式開辦。大抵是硬體（如教室、教學設備）由所在地國家負責，大陸提供漢語教學教材、派遣部分漢語教師及志工，協助培訓當地漢語教師。目前已與美國馬里蘭大學、瑞典斯德哥爾摩大學、非洲肯尼內羅華大學、烏茲別克教育部等簽了協議，行將陸續開辦。

大陸近年大打孔子牌，非只一例。台灣人見此，大概亦無太大感覺，但此事其實是與台灣非常有關係的。

全球漢語教學市場，本來是台灣獨占的生意，教材、教法、教師、教學內容，都由台灣主導。不論對華僑、華人移民社會或世界各個國家，台灣在中國文化上的解釋權，以及台灣對中華文化的保存與發揚之地位及貢獻，都是大家公認的。八十年代中葉以後，大陸移民漸多，海外才逐漸有教簡化字和漢語拼音的中文小學。可是二十年以還，彼長我消，大陸藉對外漢語推展國際文化交流，爭取認同，越來越積極，成效也越來越大，我方則是日就萎縮，市場盡失。

這並不是因彼大我小，力不足抗而使其如是。主要是我們政府自己放棄了這個可獲得世人尊敬的市場，又對教材教法毫無更新所致。要知道：大陸現在要推的這個孔子學院，眞正要做的，其實是一統天下的事，給世界提供「規範、權威的漢語教材」，且遍及商務、旅遊、醫學等領域。想起未來全世界都要奉大陸那種簡化字及教材爲權威、爲規範，由彼處獲取對中國文化最權威的解釋，能不感傷嗎？可嘆正努力內鬥的扁政府，大概又是打算讓我們的海外華語教學領域全數淪陷了。

二〇〇四、十一、二十三

三一九正名

由網上看到三一九槍擊案要組織特調會，國親版通過了，但民進黨與台聯黨仍然揚言抵制，或要退出、或要行政院提出覆議。這幾天看來仍有一番激戰。

關於特調會的法理爭議，論者已多，我不擬再談。朝野惡鬥，非只此一回合，故政治層面的事，也無庸申論。倒是這類爭議在道德上的涵義，値得關切。

三一九槍擊案發生後，國人普遍要求還原事實、調查眞相。認爲惟有眞相大白，才能讓贏的人光彩、輸的人服氣，使台灣的民主制度可以理性地運作下去。因此才有群眾在總統府前的集會，才有「沒有眞相，就沒有總統」的呼籲。也就是說，此一行爲表達的，其實是一種道德訴求，渴望眞相、公平、正義這些普世的價値能在台灣體現。

可是執政黨及反對國親的朋友，對此不能體認、或明明知道而不願承認，將之解釋爲政爭，說這只是國親的反撲，只是輸不起的表現。繼而在成立眞相調查委員會及驗票這些事上竭力拖延、推宕。其著眼點全都是政治的。似乎眞相並不重要，公平正義也無須捍衛，只要維持總統大位以及權力即可。

我們並不是獨獨苛責民進黨、台聯，因爲國民黨、親民黨藉民氣以爲政治翻盤之企圖，也確實非常明顯。許多動作也是政治的。但若非國親政治人物爲了他們的政治目的而努力追查眞相，我們小老百姓期望明白眞相、保障民主機制的心聲又有什麼管道或方法來表達呢？孔子說：「名不正則言不順，言不順則事不成，事不成則民無所措手足。」如今台灣就是這麼個情況，難道不該趕快正名，給老百姓一個說法嗎？

無奈，你說要正名，他就去搞台灣正名運動；你說執政者公器私用，他就去查誰洩了密；你說總統安全防衛荒腔走板、破綻百出，他就擬控告你洩漏國家機密、危害總統安全；你說要盡快成立特調會，他就法理一大堆，拖了半年，眼看仍無法成立；你說總統應測謊，他就去測國安人員的謊……。這些政治手段，看在人民眼中是什麼？除了覺得政治人物爲了政治利益而可以不恤人情、不理會天理之外，還有什麼？爲了沈富雄說出眞相而撻伐追殺之的民進黨及其群眾，眞的只要政權，其他的都不要了嗎？

二〇〇四、十二、二十四

天寒話詩詞

北京已甚寒，據報昨夜零下三度，本云有小雪，並沒下，故早起頗覺悵悵。近來談孔子談得太多了，所以今天準備說點有關詩詞的事。

讀《吳世昌學術文叢》。先生論紅樓夢之書，昔嘗見之；論詞則未見，故亟取讀。讀則失笑，先生蓋不知詞也。抑何止不知詞，蓋不通文學。例如況蕙風說作詞「一日多讀書，二日謹避俗。俗者，詞之賊也。」他老先生就大罵：「末句大謬。大家不避俗，正如富貴不避布衣，暴發戶才不敢穿布衣。」這是什麼跟什麼嘛？人家說的是俗氣、塵俗；他卻就不避方言俗語這方面去辯，不是讓古人有秀才遇到兵之感嗎？

其《詞林新話》五卷，大罵常州派的寄託說；痛批陳廷焯的沉鬱說；力駁豪放派一辭，謂豪放根本無派……，多是此類。

如周邦彥〈齊天樂〉說：「正玉液新登，蟹螯初薦，醉倒山翁，但愁斜照斂」，吳先生說陳廷焯「謬言此詞結句『幾於愛惜寸陰』。……此謂及時行樂，與愛惜寸陰正相反。醉後惜陰，能作何事？」他只曉得惜寸陰有努力奮發勿浪費時間之意，竟不知陳廷焯說此詞結尾之愛惜寸陰是指飲酒作樂但愁日暮，也就是他所說的及時行樂，遂以陳氏之不誤為誤，大加訶斥。

李清照〈蝶戀花〉末句「夜闌猶剪燈花弄」，則被他批評是：「湊韻，已剪燈花，豈復可弄？」不知弄字正是指深夜無聊時剪燈花爲戲的動作。如此評詞，古人豈不冤哉？

其考證亦可笑。李清照集附錄收〈浪淘沙〉，他以爲非李氏作，理由是：「此爲男子咏歌女之作，不應出自易安。」這是什麼考證？咏歌女，乃詩詞中常例，何以見得作者定是男人？

吳先生亦有詩話，情況也差不多。謂「風骨」指詩中有具體事實，「建安風骨」就是建安詩多見故事。仁者樂山、知者樂水，仁爲北方之強、知爲南方之強，《詩經》代表北、《楚辭》代表南，一陽剛、一陰柔，五言詩即從陰柔之美的婦女歌辭中演變出來，爲女子所創。皆妄說。吳先生有高名，門人弟子若愛護其師，此等文字便不應輯存使之流布人間。令我讀之，至感憾悵。

徐晉如編《近百年名家詞選》，送來給我校閱，並要我寫一序。其中也收了吳先生一詞。我無太多意見要說，故序終於未寫，僅題一封面而已。側聞晉如敘述，知大陸塡詞名家仍然不少，光北京市，愛好納蘭性德的人就足夠形成一個大隊，前幾年他還送過我一本《納蘭一族》，內中都是納蘭氏的追星族粉絲（fans）。這眞是有趣的現象，因此我也不能以讀吳世昌先生詞論的印象去概括大陸詞壇，「深山大澤，實出龍蛇」，以中國之大，能人想必還是不少的。

二〇〇四、十一、二十五

疑疑古

蔡浪涯由上海來，邀青年出版社等出版人聚餐，沈昌文、吳興文俱在座。我與興文不見久矣，知他在北京常住，卻一直未見著，今既相逢，不免歡喜。他的藏書票，海內獨步，近在此間報刊開專欄談藏書票，並要在萬盛書園展覽。沈公開玩笑，說他們已挑好其中五張，值一千萬，準備綁架吳興文，讓他家屬拿那五張票來贖人。興文亦欣然樂意以此證明自己的身價。昔年我曾得興文啓發，在佛光創辦時也製作過一批藏書票。後來趙麗雲讓潘播另做了一批。可是他們不懂藏書票是怎麼回事，以為畫卡就是藏書票，其實大謬不然的。今逢興文，思及往事，竟多喝了不少酒。

飯後，興文又拉我去菸袋斜街一小酒店坐。老闆姓鞏，與興文熟，他喊他老鞏，令我分不清在喊我還是喊他。何況彼此均有醉意，他送我一本新版論藏書票之書，還是毛本，頁間尚未切開，我很喜歡。但他題簽時，把我名字寫漏了一個字，他沒發現，我很慶幸仍然清醒，所以能看見他寫錯了。可是後來走時，回來才發覺我根本就忘了把書帶回來，可見我也喝糊塗了。

且說這菸袋斜街，全是小酒館。北京之胡同，多是此類粗名，什麼棺材胡同（今改名光彩胡同）、褲子胡同（今改庫資）、狗尾巴胡同（今改壽逾百，還眞會掰）、扁擔胡同（今改平安）、大煙筒胡同（今改大宴樂）、豬尾巴胡同（今改朱韋箔）、捍麵杖胡同（今改廉讓），乾麵、爛麵、細米、炒米、黑芝麻、雞爪、抄手、茄子、驢蹄，以及盆兒、罐兒、帽兒、屎克郎、褲襠、雞毛、羊尾巴之類胡同，什麼怪名都有。菸袋，算雅致的了。

因說及胡同，想到昔年曾住過乾麵胡同，社科院的房子。前幾天在台灣，主持一場吳銳談古史辨派的報告（在中研院），他好像提到從前顧頡剛也住過那兒。而他是對顧氏在四九年以後的境遇很抱不平的。認爲當年批顧或給顧穿小鞋的人，如今仍然位踞要津，特別是李學勤，號稱要「走出疑古」，進行「釋古」，又主持國家計畫，例如「夏商周斷代工程」等，他特別看不慣。其言頗多憤激語，令我對四九年以後顧氏之處境或整個古史辨學派之處境有了許多新了解。

可是，說古史辨派在人事上遭了打壓，固然不錯；但在學術上，恐怕它仍居主流位置，學術霸權還正待豪傑之士起而推翻之哩！

此話怎講？疑古派之方法，就是考證、辨僞，這種實證主義的態度與方法，不仍是史學界之主要方法嗎？疑古派所建立之古史觀，例如上古史多雜揉了神話、許多古聖先王事蹟乃後人增飾、古代文明有東夷西夏等不同民族之構成……等，不仍是現今對古史之理解框架嗎？疑古派談神話，而旨在去神話以建古史，此種神話學研究，不又仍然盛行於學林中嗎？疑古派疑古辨僞，目的是「考信」，希望能建立一個信史，相信撥開後人之僞飾即能獲得一個眞相，不仍是史學工作者之信條嗎？既然如此，何能說疑古派受了打壓？

恰好相反，疑古派眞正的勁敵根本尚未出現。那種勁敵，就是像我這樣的人，根本反對歷史實證之心態與方法，根本反對考史式的神話研究，根本認爲沒有「一個眞相」，根本反對歷史重疊說，主張眞相就在詮釋之中。這種想法，古史學界恐怕還弄不清我在說什麼呢！唉，從喝酒扯到這，眞是扯太遠了。我眞醉矣！

二〇〇四、十一、廿六

金燦秋收梁實秋

十一月廿七日北京語言大學舉辦梁實秋研討會。這是高旭東拉我發起的。是大陸第一次舉辦的梁先生之研討會，意義重大，且準備再組一個兩岸共同參與的梁先生研討會。今日開幕，我的講話，略如下文：

梁實秋先生的著作，據秦賢次先生的輯目看來，著作四十一種，三十二種是在台灣寫作及出版的。翻譯廿八種英譯中作品，也有十二種是在台灣作，莎士比亞戲劇六十冊只算其中二種，此外還有一種中譯英的《錦繡山河》。梁先生在台生活了卅九年，著作不輟，確乎符合余光中先生在序梁先生編紀念文集時說的，是在文學的園圃中有了「金燦燦的秋收」，即連冬季也還頗有收成，老而彌堅，令人贊嘆。

例如在他故世前兩年，就還出版了三冊英國文學史、三冊英國文學選、四本散文集、二本譯作。這在文學史上並不多見。許多文人英華銳發於早歲，壯年牽於人事、困於生活，就逐漸筆頭遲鈍了起來，只靠一點早年作品所攢聚的名聲混跡於文壇。也有許多文人僅恃才情，才情揮灑既畢，無學問以澤潤之，便日益枯竭。另有些學者，滿腹學問，撐腸拄肚，卻筆舌蹇頓，寫起文章來，讓人看了就想打瞌睡。梁先生則是才學兩優、譯作兼行，既有文采，又饒學問，且中英文俱臻上乘，這在現代文學史上可真不多見呀！創作力、精力、勤奮，至老不衰，至可佩服。

梁先生之所以能如此，不妨說是因爲幸運。稟氣得諸天賦，可以年登耄耋，當然是幸運。渡海來台，逃過了大陸上的政治風暴，更是幸運。與梁先生同輩的現代文學家，或天不假年，或受政治牽扯而封筆者，不計其數，梁先生可以在美國在台灣從容教學、研究、寫作，自然可以用幸運來形容。梁先生只是抓住了這個幸運的機會，黽勉譯作，不讓幸運時光隨意溜掉而已。

但梁先生也可說是不幸的。早年與魯迅的筆仗，使得他頗不見諒於傾向魯迅的政壇與文壇。論敘現代文學史者，不是忽視他就是貶抑他，難得平情考察梁先生的觀點和成就。且因海峽隔閡，對梁先生在台灣那他生平一半的時間，到底都做了什麼事、寫了什麼東西，大抵均不甚明瞭。因此，縱或想談，也不易談。於是，這麼樣一位文壇耆宿，著譯達千萬言的大作家，地位竟比不上許多差得遠的小名家，此非不幸而何？

在台灣，對梁先生的研究，其實也不多，依《文訊月刊》十二期〈評介梁實秋的篇章索引〉觀察，一九四九年至一九八七年有一五九篇，殊不少。不過大多是報刊報導式的評介或書評。以梁先生爲題的博碩士論文，據我所知，當時尚沒有，現在好像也沒有。可見對梁先生的研究，仍是個亟待展開的局面。

梁先生過世以後，《中華日報》舉辦了梁實秋文學獎；《光華雜誌》、九歌文教基金會、國立台灣師範大學則舉辦了「紀念梁實秋百歲冥誕：梁實秋學術研討會」。此次研討會論文集係李瑞騰主編，共收十五篇論文，可說是梁先生研究的展開。余光中先生另編的一本《秋之頌》，即我在上文提到的那本，實際上則本是祝壽文集，後來成爲紀念集。哀輓文字畢竟與研究有點不同，因此眞正的研究文編其實仍只有李先生編的那一冊，這是令我們感到慚愧的地方。

於是，這就說到重點了。我們這次會議，正代表兩峽兩岸共同正視梁實秋，要重新認識他，要深入研究他。跨越偏見與空白，重勘歷史與文學。

謝謝語言大學舉辦此次研討會。我不能代表別人，所以我只能以一個在台灣成長而關心現代文學的文學工作者身分，表達我對大會的感激。預祝大會成功，我們大家討論愉快。

此次大會，本邀了蔡文甫先生和瑞騰。瑞騰本要來，後因故無法蒞會，遂由我全權代表了。我另寫了一篇論文〈飲饌的文學社會學：從《文選》到梁實秋〉，瑞騰則發了一則賀辭。

大會撥亂反正，不免對梁先生又揄揚太過。我乃藉評議時倡言：召開研討會或成立研究會，並不是要做某人的孝子賢孫。從前把梁罵一頓，現在又把他捧一通，有何必要？梁先生亦有其局限，例如不能寫長篇、對中國文學之小說傳統並不熟悉、對西方文學大抵也僅知英國文學、且於史學哲學皆未精研等等，正待吾人採一批判觀點讀之，既發潛德之幽光，亦能百尺竿頭再進一步，並藉以反省吾人治文學治文學史之方法與態度的良窳所在云云，與會諸君似尙以斯言爲然。

二〇〇四、十一、二十七

寵辱不驚

翻看前兩天寫的隨筆，提到顧頡剛在大陸四九年後受到壓抑，今人不免對他抱懷同情。但這卻令我想起：顧氏當時也是批別人的。

顧主要是批胡適。以他們的關係，顧批胡，實在令人難以想像。可是，顧竟然說：「我把經學變化為古史學，給我最有力的啓發的是錢玄同先生，同胡適絕不相干。胡適還常常用了封建思想給我們反駁呢！」（一九四五年在政協的發言）「我痛恨他的反動思想本質，決心和他分離，所以他做了北大校長，我絕不向他討個職務」，還說胡適「販賣空疏的、反動的實用主義」「大吹大擂」「買空賣空」。

我昔年讀到這些文辭時，幾乎不敢相信自己的眼睛，可是這的確是眞的。當時政治環境之惡劣、恐怖，當然可以想見。但第一，顧先生為了自保而出賣朋友，痛批於己有恩之人；同樣的邏輯，自不能怪別人為了自保也就來批你。第二，當時情境，人沒有不說話的自由。誠然。但那時畢竟也仍有不說話的人。相形之下，如此行為，風骨自堪訾議。第三，為求苟全性命於亂世，人亦不免做違心之論，此為人性，無法苛求。然時過境遷，似未聞顧先生有悔過之言，亦未對胡適表達一點歉意，這便令人有點不甚滿意了。

倒是胡適的表現，令人佩服。他在一九五七年看到俞平伯的《紅樓夢辨》後，憶事懷人，追念舊遊，寫下「紀念顧頡剛、俞平伯兩個《紅樓夢》同志」的話。惓惓故誼，不因政治處境而改，與顧氏對他的批判，適成對比。

他不是不知道顧在罵他。一九五四年，他給沈怡的信上提到周汝昌批他，卻仍向沈氏推薦周的《紅樓夢新證》，且說：「周君此書有幾處罵胡適，所以他可以幸免。俞平伯的書，把『適之先生』字樣都刪去了，有時改稱『某君』。他不忍罵我，所以他該受清算了。其實我的朋友罵我，我從不介意」。我的朋友，當時就包括了顧頡剛在內。

胡適的學問，我向來反對；可是此種涵養，我差得遠，無論如何學不來。世人罵我，我從前甚爲介懷，後來修養得好了，便都不在意，自負已能達到「寵辱不驚」的境界。可是朋友背叛，或爲了某些原因而來罵我，仍覺得格外難受。後來又漸漸修養到可以替朋友著想，替他們找理由，說明其罵我責我之故，但情感上終究無法平復，不再能視之爲「朋友」了。比起胡適，實在慚愧。是故臨風懷想，無限景慕焉。

今仍赴北京語言大學開會，藉此會議成立了「海峽兩岸梁實秋研究學會」，眾推我與高旭東擔任會長，採雙會長制。台灣理事部分，我推薦余光中、李瑞騰、鄭明娳、朱炎、蔡文甫、趙寧、陳秀英、胡百華，並請瑞騰擔任副會長。在大陸，要成立學會，不比台灣，是受到管制的，豈有任你隨隨便便就號召一群人成立學會之理？此會既未報民政部審批，又是台灣人任會長，難道是非法的嗎？是又不然。此會直接就這麼成立了，不勞民政部審准，此所以稀奇。我老是搞此奇怪的事，如今又多了一樁。

二〇〇四、十一、二十八

台灣應與鄰相善

陳總統「二〇〇六年公投制憲」之說，經美國方面「提醒」後，業已將準備修改的公投法案由行政院院會中撤回，勒馬懸崖，令人鬆了一口氣。不過此舉卻惹得前總統李登輝先生頗爲不快，發重語謂美國人又不是爸爸，何需聽它?若是我則將如何如何強硬云云。讓人見識了阿輝伯武士道般的精神。

但日本武士道精神，曾經異化爲浪人、倭寇、軍國主義，窮兵黷武，與鄰爲敵，台灣目前該走這個路子嗎?

這些年，爲了對內爭選票、搶資源、奪政權，李前總統與陳總統已成功地把大陸塑造成敵國，然後將國民黨親民黨塑造成敵人暗通款曲的潛在賣台者，甚或竟是一丘之貉，是島內的敵人。可是，過去爲了打擊這些敵人，他們採取的是拉攏敵人對立面的做法。最明顯的，就是跟日本右翼反中人士唱和，以及擴大軍購、發展台美軍事合作關係，藉美國制約中共等等。此等作爲，固然貽人口實，被人批評是抱美國人大腿、想靠美國人獨立，可是畢竟屬於合縱連橫，有對抗有合作。如今忽然想通了，不再抱美國大腿了，豈戰略構想有了轉變乎?抑或仍是選舉時喊爽的毛病又患了?準備跟美國也對立起來了?

近來，台灣除了激化與大陸在國際社會的競爭外，也陸續敵視跟中共交好的國家，政府大員幾次粗暴批評法國、德國、新加坡，就是鮮明的例證。在國際上樹敵，乃外交工作之大忌，而我政府似正朝此努力。李前總統之言論，恰好也代表了這種方向或心態。

這種方向將陷台灣於不義，讓台灣在國際上愈發孤立，是不消說的。台灣目前也根本沒有本錢發這個狠勁。就是李登輝自己在主政時期，對美國也不敢如此。如今下了台，領著一夥闖將打天下，便忽爾狂肆起來，殊乖長者之道。

如此說，並非主張我們就應該惟美國馬首是瞻，而是提醒：為謀「台灣人尊嚴」而致力於樹敵的工作，最終必將淪為浪人、為孤兒。台灣應從這種邏輯之中抽身出來，改採與鄰合作的睦鄰政策，發展與大陸及周邊國家和平共利的關係。如此則百姓安輯、經濟甦活，也不必跟美國買武器、看美國老大哥的臉色，更不須伺候日本右派分子了。

二〇〇四、十二、一

政治威而剛

陳總統喊出公投制憲說之後，未獲美國支持，行政院院會立刻將公投法修正案撤回。這顯示了政府在正式行政運作上，仍有理性的行為原則，對國際政治環境有較精準的考量。可是因李前總統一番「喊爽」的話，認為對美國人不能軟弱，以致陳總統這幾天在競選場合，也不得不提高姿態，擺出一副鬥雞的架勢。一下說不必管美國人，一下說涉外機關中之中國字樣（如中國石油、中國鋼鐵、中國造船……）都應考慮改為台灣，弄得輿論大嘩，國內外側目。

陳總統這類言論，在深諳國際政治與兩岸國際者看來，實無異玩火自焚，令人無法了解他何以遽爾狂悖至此。只有了解島內政治生態者才能明白：這是因為選戰激烈使然。每屆選舉，民進黨和扁政府一定要升高兩岸衝突，用敢與對岸拚撞，來顯示台灣的主體性。表示台灣本土意識與中國的區隔，事實上非旨在遂行台獨，而是用以區隔出泛綠支持者與傾向泛藍的群眾。這是自李登輝以來便屢試不爽且久嚐甜頭的招式。可是，現在李登輝與陳水扁都在搶泛綠的票。假如李登輝顯得比陳水扁更敢與大陸拚搏，則台聯的票數與席次自將壓擠民進黨之地盤，以致陳水扁也不得不跟著李登輝大喊不必理會美國人了。

這種邏輯，沈富雄說得很清楚：陳總統陳主席還要對美國再硬幾天，就像吃了威而剛一般；待選舉結束後，自然就會軟下來了。

以威而剛效應來形容政治態度之軟硬，言不雅馴。幸而吾國政壇早已LP來LP去，因此說說倒也無妨。只不過，一個國家每逢選舉，便如服了壯陽藥興奮劑般，無端亢奮、激情，乃至舉措失度，豈非國家之悲哀？

且外邦人士依正常情況看我們的政治，往往弄不清什麼是吃了藥的狂譫之言、什麼是正常的言說，經常發生誤判。我政府則須在逞一時之快以後，再去派員解釋或收拾爛攤子。這難道是秉國之正道乎？

依目前政界的行事法則來看，會覺得以上這都是迂儒腐談，因爲維護政權最重要，先取得執政優勢再說。一旦選輸，就什麼都不用說了。這種想法更糟，是典型的「爲達目的不擇手段」。人一旦有了這種想法，便無憚忌，無事不可爲了。一個政府，若也以此爲行事之倫理，那我們社會還憑什麼存在？政治，除了權力的攫取之外，畢竟還有別的。在選戰中殺紅了眼的政治人物，似乎也應該考慮到這些！

二〇〇四、十二、二

四川壓酒

在四川旅行，迄今始抵南京。入住南京師大，才開看電腦，看見明芳和怡靜都訂正了我的錯誤，說台灣研究梁實秋的博碩士論文已有了兩三篇。甚好。當時我說：「似乎也還沒有」，本就講得不確定，因為根本無處查考，如今她們考查翔實，正可補我缺漏。謝謝啦！

此次去四川，主要是曹順慶幾位博士要畢業口考。我在大陸並未口試過博碩士，也很喜歡有這種實際經驗，故特趕去。除考了三人外，另有兩篇博士後出站工作報告審查。

大陸與台灣都設有博士後研究，但制度不同。台灣乃由教授申請國科會計畫，聘博士後（即已獲博士而尚未找著專任教職者）執行計畫。大陸則是設若干博士後流動站，已獲博士而且已在大學執教者，可申請到這些流動站進修，一般二年，提交論文，類如博士那般，也要口試。此外還有一些要求，例如發表多少篇文章之類，看來比我們要規範些。這次兩本博士後論文都有三十萬字以上。

曹順慶主持的川大文學院，近些年人丁興旺。報考的人多，他收得吃力，而外界批評亦多。不少人認為他善門大開，學風未必甚正。但據我親身觀察，實又不然。西南學術本不發達，學者若欲進修，大抵只能來川大拜門，這是他收得多的緣故。可是迄今他門下畢業四十二人，每年平均三人左右，亦並不浮濫。考試時，無論博士或博士後，雖多已身任教授、系主任、院長、「學科帶頭人」，卻看得出是誠惶誠恐小心戒懼的，令我甚至有些不忍，可見平時要求絕不輕忽。考官問得也有條理。其中川師大皮朝宗老先生並非博士導師，但順慶每年都請他，四十二位畢業博士都經過他考，可謂創一紀錄。而皮先生也確實令人敬佩，對論文中引文，皆逐一核查；評審報告則洋洋灑灑。如此敬業，殊不可及，對養成樸素之學風，也甚有幫助。

考完，我在川大演講了一場，殺去南充華西師大講了一場。南充乃司馬相如、陳壽家鄉。講畢再殺往閬中。在閬中住一晚，次日遊張飛廟、錦屏山純陽洞、伊斯蘭教西北聖地爸爸寺（屬撒特林耶派）及古街等。此乃昔日張飛鎮守之地，群山環繞，嘉陵江襟帶三面，古蹟甚多，落下閎的觀星樓、陳堯咨兄弟的狀元坊、考棚，也都很可觀。古城彷彿麗江，據云也正在申報世紀遺產。有許多特產，例如張飛牛肉、保寧醋、蒸饃、牛肉麵、臘兔子等。據說還有一項特產，我問了幾個人，大家都抿口笑，不肯告訴我。後來才知是「閬妹」。

閬妹如何，無緣消受，倒是另一項特產令人「傾倒」，那就是壓酒。李白詩：「風吹柳花滿店香，吳姬壓酒勸客嘗。」壓酒二字不好解，不過向來總是以壓爲動詞，不料人間眞有壓酒。據云乃高粱酒蒸成後，再添紅糖枸杞等藥材窖藏之，上封壓以豬板油，若干時日後油漬浸滴，藥力發揮，酒精度反而下降，僅十幾二十度，入口甘美。我在古街酒坊中嚐了，深以爲奇。中餐吃全牛席，牛唇牛鼻牛尾牛鞭牛腎之外，當然就喝這酒。結果，哈，這甜酒把大家都放倒了，一人送去醫院打點滴，路上頻呼：「啊，我要死了」；其餘人眾則去一山莊睡覺。

我去南充，本來是要往遊劍閣，享受陸游「此身合是詩人未，細雨騎驢入劍門」的感覺。到閬中，則發現杜甫之所以在閬中盤桓，作閬山歌、閬水歌等五六十首詩，確實有道理，所以多玩了點時間，劍門便去不成了。既不去劍門，乃欲轉往廣元。廣元爲武則天家鄉，有石刻，亦可觀。但酒一喝，哪兒也甭去了。大夥睡至傍晚，才返南充。

返南充後，因順慶及華西師大佘校長都不舒服，所以各自休息了。我獨自跑到街上去溜躂，竟又發現一狗肉館，要了一鍋。黑瓦陶鍋，吊在爐火上燒成，細皮精肉，配以紅椒青蔥。食之，大有理致。再要了一味鯽魚湯，用白瓷方盒盛滿一器，乳色厚汁，與高爐黑鍋狗肉恰好相映成趣：方與圓、黑與白、陶與瓷、高與低、火動與水靜、畜肉與河鮮。廚師隨意搭配，竟爾如此。川北風情，豈不可觀？堪嘆狗肉被濟公、魯智深喫壞，令人思及，便覺其粗鄙狂野，殊不知此道亦有雅人深致也。

出得店來，見一家豆腐湯館正在關門打烊，壁上龍飛鳳舞題一詩，第一句是：「傳得淮南術最佳」，正嗟賞間，門已閉，遂不知全詩爲何。但僅此一句，已可見此小店之文化。壁上題詩，今已不多見；談豆腐而徵典於淮南，亦見功力，我猜我們佛光文學所的學生們就未必懂得這些典故。川東北，不簡單，令人傾倒者，豈僅壓酒哉？

二〇〇四、十二、四

吃典

昨寫二紙，今天拿去傳眞，索價六十元人民幣。早知如此之貴，便少寫此罷。喜歡寫文章，果眞不是好事，現在又多了一件例證。

另有友人看了我這些塗鴉，很不以爲然，說：「你怎麼老在談吃？」我說：「如今休假退隱，飽食終日，無所用心，正符生活實情，當然只能寫吃啦。何況，吃也有典故。」他問：「什麼典故？」我道：我剛從成都來，講個成都的故事給你聽……

甲午開戰時，四川有位監生叫蕭開泰，專程趕到北京，上書總理衙門，提出「製造鑒鏡以焚毀敵艦」之建議：「太陽爲天地眞火，有火即有光，故按光學理推算，用厚一尺方八尺之鏡，引火發光，雖敵艦遠之十里外，不難使之立成灰燼。」這個奇思妙想，當然沒被朝廷采納，此君反而成了笑柄。

你也覺得好笑是不是？但我告訴你，從前羅馬進攻敘拉古時，鐵索橫江，鏈結戰艦六十艘，數學家阿基米德就是用此法破之的。他號召婦女回家取出鏡子，齊集岸邊，把太陽光反射到戰船上，居然讓船帆起火，產生了諸葛亮赤壁火燒曹操戰船的效果。蕭開泰的構想，不知是否來自阿基米德；但製凸透鏡聚光以燃物，乃是燧人氏以來的傳統，蕭君之議，大概還是本諸古人。可是不管如何，他沒阿基米德那般幸運，徒然讓人恥笑了一頓。

結果，據《清稗類鈔》說，蕭氏「鬱鬱歸蜀，困於成都市上設肆賣燒鴨，即用鑒鏡引火熏炙，以證其言之不妄。每值天晴，利市三倍，其味甚佳。」此乃太陽能烤鴨，今論中華烹飪史者，皆不知有此一偉大發明也。

阿基米德知陽燧聚火之理，功成名就，成了科學史上的名人。蕭君也懂得這個道理，但卻只能在街上賣烤鴨。這就是中西之不同了。我亦有治世藥時之方，而不見用於世，循蕭君之例，似乎也該去賣烤鴨才是。如今沒賣鴨，只不過吃點烤鴨什麼的，您老兄又何必見怪呢！

對方見我強詞奪理，當然只好一笑而罷。恰好賴永海來邀去雞鳴寺，遂同往。雞鳴寺方丈要辦尼眾佛學院，問計於吾等。我毫無興趣，所以都不答腔，只由賴永海去說。

用素齋在豁蒙樓上。斯樓大有來歷，梁啓超、黃侃……等民清名士在此茶敘之掌故甚多。最近大陸還出了一本新月派的散文選，書名就是《豁蒙樓暮色》。可惜這些掌故現在人已不太熟悉了，我們四月在南京移地教學，學生們去遊雞鳴寺時，我估計導遊就未必介紹了這座小樓。樓上是南京觀覽玄武湖及老城牆最好的地方，故能吸引諸名士來此。如今樓上已不讓人隨便登臨，但置素齋於此間而已。在這兒吃素，自亦不惡。與大陸各大叢林相仿，其素菜亦是唐代以來「素菜葷做」的辦法。所以第一道菜便是：雞鳴寺炒肉片。

二〇〇四、十二、五

人、旅行與文化

原香港中文大學文學院長郭少棠新作《旅行：跨文化想像》要交北大出版社出版，已排好，好不容易找著我，要我撰序。今日無事，便寫道：

上世紀八十年代，我在雲南旅行時，聽到楚雄某些彝族學者的論點，說彝族乃發源於楚雄一帶，新出土的元謀原人及彝族十月太陽曆均可證明此一文明發軔之早。其後這個擁有黑虎圖騰與太陽曆的民族向西北遷徙，有進入巴蜀乃至康藏的，成爲川康氐羌或藏人。再往北，則成爲陝甘羌族。向東北方走的，就逐漸擴及黃淮平原，再經東北，跨過白令海峽，到達美洲大地。換言之，彝族幾乎可說是亞洲美洲的文明之源。我國古代的《易經》、《老子》、《楚辭》中均可找到不少證據。

對此類以自我一族爲世界文明中心的論調，我當然是啞然失笑的。但仔細一想，就赫然發現：這個大遷徙的想像，其實正是我們對於人類文明的基本解釋。

例如清朝末年時流行的中國人種及文明西來說，曾經影響深鉅，著名學者蘇雪林，花了數百萬字，想證明《楚辭》所顯示的乃是巴比倫的神系與世界觀。其他學者論證墨子應是非洲黑人或印度婆羅門。古代中國的星宿、太歲名稱，亦有不少考證，說它們源於這源於那。台灣的畢長樸先生則倡言一種中國人種北來說。此外，人類學界對於人類文明也有起於非洲北端，再逐漸擴散全球，和起於印度尼西亞群島等各式主張。彝族學者所主張的，便屬此類說法之一。

反對此類文明一元論的，輒主張文明多元論：各洲各有人種各有文明，各升各火，各因各果。

雖然如此，文明多元論者亦不認爲文明源生於某地之後，即定著於該地，無遷徙無交流。只不過他們通常採取區域擴散的講法，不似文明一元論者講得那麼恢張，老是做縱橫十萬里的大規模遷徙論。

古代文明間的遷移與交流，到底該恢張點說，還是謹愼點講，很難論定，因爲誰也不能斷言古代人類不是像候鳥般往來遷徙的。一隻伶俜燕雁，尚且每年不辭勞苦，度越萬里，飛洋過海，何況是人？若說燕雁爲何總要如此不憚煩，誰也說不出。避寒嘛，自有別的辦法，何苦如斯跋涉？海上風波、雲中羅網，其中之凶險，實更甚於寒冷。因此，這或者只能說是物性本能。就像某些動物，一旦出生，就開始遠遊；待生育期再千方百計旅行返回原生地產育，或臨死時再回來。一生就在一來一往的長途跋涉中度過了。若問這樣的生命到底意義何在？也沒人答得出來，生物的本能，就蘊含著屬於它最本質的奧祕。似乎動物之不同於植物，就在於它要徙旅、要遷移，否則它就乾脆生爲植物好了。

講這麼多，我要說的是：人的物性本質或本能就是要遷旅行遊的，人類的文明，便也成於旅行之中。

人，這個字，在中文的構形中，象人直立之形。人立，是人的物性特徵，其他動物只有少數或偶爾能夠如此，例如熊。人能站立，故能邁開大步走，所以「大」字就象人行立於山川日月之間之形。文明之文，則是物相雜之形。人與人、群與群，要相互交流走動，才能雜，才成文，故古人曰：「物一無文」。

用郭少棠先生在這本書中的術語來說，則我們也可以說旅行才能達到跨文化交往，讓人在文化轉換之中，跨出自己的文化封域，通過碰撞、理解而逐漸融會出新的文化視野，達成新的文化創造。這個過程，實際上就是文明不斷創發的歷程。若人一直局限於他那單一族群、單一文明、單一地域，其文化就絕不能發展，因爲「物一無文」。

郭先生這本書，用大量史料和理論來闡明這個旅行與文化的關係，認爲旅行既是在文化間跨越、轉換，又是文化的深化。這是他與時下技術性實用性文化旅遊書刊不同之處。相較於西方當前熱門的旅遊研究，郭先生特重旅遊與文化的關係或旅遊的文化涵義，其實也獨樹一幟，且對歐美論者頗具點醒之作用。

因爲歐美的旅遊研究雖然大談流亡、移民、後殖民、混血兒、探險家、觀光客，但實際上缺乏歷史與文化視野，基本上是處理二次世界大戰以後大眾觀光旅遊工業所帶來的問題。所以**Laren Kaplan**才會說：「旅行無疑是一個現代概念，象徵著西方資本主義擴張年代中的商業與休閒活動。而『位移』更多的是指現代化所造成的群體遷移。」James Clifford則承認他所稱之旅行一詞，乃是與歐洲的、男性的、中產階級的、科學的、英雄的、娛樂的事相關著。因此據他看，所有的男人都是旅行者。他們都忘了：旅行，是如上文所說，或郭先生此書所分析的，古已有之；且是人類之物性本質，男人遊，女人也遊；又是各文化形成及發展之原理，故而西方現代後現代有旅行有位移，中國更多得是旅行文化及因旅行創立的中國文化。郭先生此書主要就是向他們說明這一點。

爲了與西方當代論者對話，郭先生曾用英文重寫本書，然後再譯寫成中文（最終變成前四章是以英文撰寫後譯成中文，後四章是以中文起草而再譯成英文，又譯爲中文）。這種面對中英語文與文化的努力，實在罕見，教人佩服。他自謂其論著重點在於：探討中國旅行的文化傳統，並強調他做的是中西方旅行的前現代文化傳統之跨學科分析，實亦太過撝謙。他是博雅君子，不似我這般性喜矜張，所以對於自己在反思西方現代旅遊及遊行理論，建立中國旅行型態分析典範（本書分爲旅遊、行遊、神遊）的貢獻，不免平淡視之。其實他的工作至爲重要，旅遊的跨文化分析與跨文化對話之門，要到他這部書出現，才眞正打開了。

他命我爲此書作序，我很高興能比其他讀者先一步拜讀如此有意義的稿子。很想好好爲它闡發一番，但旅中匆遽，遂僅能略申鄙懷如上，實在非常遺憾。

二〇〇四、十二、六

大汗的園林

今日在《聯合報・聯合副刊》發表一文：

英國浪漫詩人科律芝，於一七九九年，偶讀《波卡斯遊記》，見其中有「忽必烈汗下令在此興建一座宮殿，附有富麗的花園。於是此圍牆圈起十里肥沃的土地」等語後，昏然睡去，夢中竟作成一長詩，醒來還歷歷在目，不下二、三百行。不幸忽有人來找，再想時，記憶就模糊了，勉強追懷，僅成五十四行，爲一名作，叫〈忽必烈汗〉。詩中云忽必烈在上都興建夏宮：

林園鮮美，小溪環繞，
芳香的樹上綻開著花朵；
還有森林，與丘陵同樣的老，
擁抱著陽光照耀的片片芳草。

此詩成於夢寐，依憑的，是想像和吃了鴉片的作用，故所述當然也只能當夢話看。忽必烈沒有建過園林，中國的園林，也非西方宮殿附設花園的概念。而圈地十里以爲苑囿，科律芝大概想以此極力形容其大。不知在中國，帝王苑囿實在都要比這個規模大得多。孟子說：「文王之囿方七十里」；梁惠王不過一諸侯，亦有園林方四十里。後世侈泰愈甚，園子又豈能小如科律芝所云乎？

科律芝若晚生一些年，來中國實地看看圓明園、頤和園，保證會嘆爲觀止，發現這些園子比他的夢中仙境還要美。

圓明園如今已成廢墟，頤和園則尚存典型。可是國人遊賞茲處，心情卻是複雜的。不只可有科律芝般欣賞園林美景，艷稱大汗功業的想像，也充滿了咨嗟感傷。慨歎昔年若不如此豪奢，把錢用在國家建設上，國力也不致頹唐至此，讓美麗的園子，成爲恥辱的象徵。

遊頤和園時，尤易令人生此感慨。因爲當時就是慈禧挪用了海軍軍費來修頤和園，才有甲午之敗。

挪用軍款以修頤和園，王照《德宗遺事》、羅癭公《中日兵事始末》、沈瑜慶《中譯日本帝國海事之危機》序、張蔭麟《甲午戰前之海軍》都曾提及。據羅說，挪用了三千餘萬兩，沈氏說用了二千餘萬兩，數字都極大。軍款既經如此挪用，當然會戰敗。

但挪用固屬事實，海軍可沒有那麼多錢。從光緒十一年海軍衙門成立至二十年八月甲午戰爭，海軍支出，每年也不過二百七十萬左右。其收入，政府撥款約二百萬，另有海防新捐二、三百萬，以及十三年後鴉片加稅給海軍署的二百多萬。收入相較，羨餘可四百餘萬。這些餘錢並不全屬海署，還要撥些給東三省練餉，因此「報效園工」絕不能多至二三千萬兩。

而且，海軍其實是有錢的單位，故其弊不在缺錢，而在錢未妥善花用，添購船炮。所以建軍比日軍早而艦隻老舊，速度遲緩。加以提督丁汝昌不嫻海軍戰術，又與教練英國人琅威理不睦。琅去職後，海軍紀律廢弛，總兵以下多攜眷居住陸地；軍隊每巡南洋，皆相率淫賭於上海香港。不說別的，甲午大戰起於八月，四月間海軍大校閱，發射完砲彈後，竟忘了補充彈藥，八月打起來怎能不敗？

也就是說，甲午海戰之敗，別有因素，把它推到建頤和園上，既簡化了問題，也未必符合事實。

我國海軍，始建於光緒六年。十年即逢中法戰爭，南洋、福建兩艦隊大敗，所謂海軍，僅剩北洋一支。而所謂海軍和山東浙江廣東等地之水師，其實連海盜都對付不了。甲午以前，如英法聯軍之役，導火線就是海盜。海盜混跡水手在英籍船上，被水師捕獲，雙方交涉起衝突而致畔。甲午之後，長江一帶督撫仍要因海盜猖獗，向德日諸國訂造河內砲艦數艘，以為防剿。可見國事麻亂至此，非僅一園之罪也；兵力漸衰，亦不僅是錢不夠用的問題。

當然，天下事理複雜，不容易說得清楚，用「西太后挪用海軍款項造頤和園」這麼形象化的說辭，總括其要，確是個好辦法。這個說法，藉園林之宏侈盛美，以狀帝王之顢頇奢靡，大家是一聽到就會信的。畢竟，國富民殷之世，王者起造園林，足以顯其國力之壯盛，令人艷羨企慕，如科律芝之崇仰忽必烈汗那樣，形諸夢寐。可是，國力業已靡弱，起造林園就會讓老百姓受不了了。海軍戰敗而歸咎於慈禧，即由於此一心理。

其實光緒初年，晉豫饑荒。朝士議論，已主張提撥海軍軍款以供賑災。這就可見國力已衰了，必須動支軍費才能賑濟。亦可見動支海軍款項早有成例。而如此動支，會不會影響兵力呢？當然會。當時南洋大臣沈葆楨就期期以為不可，致書李鴻章，說此舉「必貽公異日之悔」。換言之，甲午之敗，若與提撥海軍軍款有關，此次賑災，恐怕才是主因。

可是用軍款賑災，老百姓不會批評，只會感謝。若移用軍款以造園，情況就不同了。糜爛國事的結果可能相同，但公心與私利之分，仍是人民評價這件事的標準。

只有時移境異之後，評價的標準才會改變。例如審美的或歷史的價值，現在就超越了那時的成敗或公利之辨。不論頤和園是否造成了甲午的敗戰，不論建頤和園是否只爲了慈禧個人的享樂，在戰亂與十年文革動盪中僥倖存留下來的頤和園，除了見證歷史、顯其歷史意義之外，更風華綽約地顯示其無與倫比的美。

沒有昔年慈禧爲一己之私糜耗國力以建此園，哪能有現在的美麗園林？美，往往是殘酷的，非只帝王家如此。一場安史之亂，只成就了幾卷杜甫詩，所以趙翼詩云：「國家不幸詩家幸，賦到滄桑語便工。」後人欣賞杜詩之美，竟要感謝那一場戰爭。

說此等話，近乎沒有肺肝。因爲戰爭中，生民塗炭，骨肉流離，其痛苦，不是戰爭以外的人說說風涼話便可以抹殺的。這個道理，我也曉得。然而，歷史的無情、美的殘酷亦即在此。李延年唱的歌，說：「一顧傾人城，再顧傾人國，傾城與傾國，佳人難再得。」不就是這個意思嗎？張愛玲寫〈傾城之戀〉，不也直說彷彿香港的傾陷，只爲了范柳原與白流蘇的愛情麼？爲愛佳人，不惜傾城與傾國，論者當嘉其愛美之心，抑當痛其傾國之禍？

依審美的角度說，那就寧可傾國。因爲「佳人難再得」。獨一無二的美，非任何東西所能替代。尤其是時序遷流，任何政權、任何王朝，終歸都要傾滅。縱無佳人，縱無名園，也終不能久長。但傾覆的王朝，若能留下一座美麗的園林供人徜徉遊息於其中，那也是不錯的。林園之美，反而說明著大汗昔日的榮光，令人暫時忘卻那早已是覆滅了的朝廷、掃入歷史煙塵中的王權。呵！忽必烈汗！

二〇〇四、十二、九

夜聽《長生殿》

今日為文化史最後一講上課，學生頗依依不捨。講桌上放了十幾台錄音機，講畢，學生圍來照相，要簽名的有數十人。或問明年是否能再開課，答以明年在清華，乃喜云：可再去清華聽課。但也有人說清華好像不歡迎旁聽。我不知詳情如何，卻頗為感動。想我鴻爪萍蹤，偶然在此，不意竟大獲共鳴，蓋此地學子，未聞中華文化之正聲太久了，故我所述，不過中國文化之基本狀況，然於彼皆屬新聞。既新奇，又親近，如久別重逢的故人，能打動年輕人的生命。他們來函或來談，都說我講得好。其實哪是我講得好？是中國文化本來就如此動人，過去被講壞了而已。

夜往城中保利劇院看崑曲《長生殿》。保利劇院之背景為軍方，近年以保利名義推廣文化，設有博物館、劇院，前年且在國際拍賣場以重金購回圓明園十二「大水法」中的狗頭銅像等，名噪文物界。崑曲，則是蘇州文化大舉進攻京師的重砲部隊。它被評為世界文化遺產，去年在台灣，《長生殿》《牡丹亭》又大獲成功，所以今年再向京城來推銷（猶如上個月山西來北京策展「華夏文明看山西」活動，是大陸一種有趣的中央與地方關係）。江蘇教育出版社配合政策，出版了精編彩色本《崑曲藝術》。昨在北京舉行新書發表會，特來拉我去助拳。

我去講了一通，闡明崑曲之價值；但對他們現在把崑曲推至元末崑山腔及崑山人顧堅，則不以爲然（顧堅其人其書，史志無聞，只是魏良輔託古改制之孤證；且所云顧氏相與結社者，如倪瓚、楊維楨等，所擅亦皆是北曲，證據力太弱。而昆曲之價值，亦不需如此拉長其壽命，否則還可以上推到唐玄宗哩！崑曲的價值，在創新，不在傳承。魏良輔在腔、板、管色、排場上的革新，允爲戲曲史上之大事），所以今天又被拉來看戲。送的票，價值六百元人民幣，嘿，好傢伙！

戲還不錯，但奏樂已雜交響樂方式，鼓師執板、擊鼓之外，竟然兼作指揮，眞沒必要。從來中國戲之樂師配合，均不用指揮，打鼓佬就是指揮了，何需再來一人比手畫腳？此爲中西樂之分，其中涇渭，不可不辨。可是如今所謂「民族音樂」或「國樂」，基本上只是交響樂團的低劣模擬，因此也都配了指揮。昆曲受其影響，也搞這一套，眞不划算，幸而沒有乾脆請交響樂團來奏樂。

中國戲，重在音樂（所有戲種，都是以音腔分，如弦索、唱賺、弋陽、崑、皮黃、梆子、墜子、秦腔等），唱即是音樂之類屬，表演乃是其次的。因此元刊雜劇五十種，根本就只有唱詞，不錄賓白。相反的，法譯第一個本子，馬若瑟於十八世紀的譯本，便只有對白，不譯歌詞，只註明誰在唱歌。此爲中西方戲劇觀念與性質之不同。故崑曲若改用西樂形式，崑曲其實也就死了。弄戲曲的朋友，在這一點上，可要搞清楚！

歸來，知台灣今日選舉結果，泛綠失敗，大樂！

二〇〇四、十二、十一

大陸新政權的難題

針對台灣立法委員選舉的結果及陳水扁辭去民進黨主席，大陸國務院台辦循例又發表了措辭強硬的講話。這種講話，對台灣內部之政治生態，自然不會有什麼影響，甚或會有反效果，但卻顯示了大陸對台灣狀況的了解及其決心，因此我們也絕不能漫然視之。

大陸對台，政策上本無急迫性。早在鄧小平時代，便有暫時維持現狀、徐圖解決的認識，甚且認為五十年一百年後再解決也非不可能。其後江澤民提的「江八點」大體也是這個基調，想把兩岸關係導向「慢慢談」的階段。如今胡錦濤上台，當務之急，顯然就是穩定局勢。

就大陸內部而言，所謂穩定局面，一是社會面的，一是政治面的。在政治上，胡錦濤必須儘速完成新的人事佈建，並加速加大反腐敗的行動。這一是立一是破。胡原先並無班底，藉肅貪反腐，以重整吏治之名義，建立起屬於他的政治架構，誠為當前之要務。此事進行並不順利，各個機構投入大量資金與人力反腐敗，動作大、成本高，而成效不彰，腐敗案例依然層出不窮，民間對政府之腐敗，亦嘖有煩言。

在社會層面，大陸邇來不斷發生礦場災變、民眾「上訪」甚或聚眾包圍官署抗議等事件，就顯示其社會仍不穩定。不穩定的因素很多，例如貧富差距越來越大，政府迄今無法控制。其次是農民失地問題嚴重，目前已有約四千萬失地農民，因土地徵用的相關法制不完善，土地徵用、補償費偏低，又激化了農民失地後的社會矛盾與衝突。與此相關的是失業率居高不下，依大陸官方推估，明年的城鎮失業率仍會達到4.6%以上，亦即仍有六千萬左右城鎮失業人口，農村還不算，這會是多大的問題？再加上大陸飛速的發展，實際上受到資源狀況、能源供給及環境承受能力之制約，其中含有巨大之風險，需要妥善處理，今年各地供電不足所發生之問題，便是個警訊。此外，快速增長期的物價卻也上漲，明年還會再漲4%以上，直接影響低收入者的生活，在貧富差距這麼大的社會中，怎麼可能讓這些低收入群體不生怨懟？

這些，才是胡錦濤溫家寶新政權需面對的問題，而台灣不是。正因爲如此，台灣才更須謹愼，不要在此時逼得大陸把台灣問題優先提到前面來處理。事實上，打台灣，對大陸領導人來說是個絕大的誘惑，只要打或號召要打，上述內政諸疑難就都可以解決了，台灣在這個時候，別傻傻地做球給大陸，把自己拱去當砲灰。

二〇〇四、十二、十二

南京論詞、遊山、賞畫

前日劉耿生教授夫婦邀往懷柔紅螺寺遊玩。夜則乘車往南京，昨晨才抵達，入住公寓。

南京師大新設此講座制度，余又爲所聘第一人，因此到底要如何「接待」我，該校有點兒不知所措。上週我由成都來，即先安排我住南山賓館，嗣後才搬到講座教授公寓。寓中基本設施及生活所需用品，已準備了一些，我又再去市場附近採買了些，如醬米油鹽燈具等。此處可炊煮，但我僅一個人，也吃不了許多，所以只試煮了一鍋狗肉麵而已。啖飽之餘，在原先所寫論陳亮詞的論文後，又補論了幾則詞學史事，一說宋人詞本不拘格律，二論唐人詞曲都不限於歌兒舞女綺艷之篇，三以古典與浪漫擬論婉約與豪放二派。

今起則往清涼山。南師大乃袁枚隨園故址，小倉山今已不存，但校門後爲虎踞關，旁則爲清涼山。山上舊有寺，亦不存。僅餘一井，爲南唐故物。另有諸葛亮駐馬坡、龔賢掃葉樓。崇正書院則改爲奇石館，庭前皆文物古玩商鋪的地攤。我挑了一個桃紅瓷瓶、兩個青花茶盞、一個仿鈞窰盂。掃葉樓亦在展出瓷陶，龔賢作品卻極少。

龔賢號半千，乃清末民初一大家，筆墨荒寒，擘積重重，合青綠山水之法以入水墨，氣雄勢大，時莫之比。但俗世聲名不如八大石濤乃至揚州八怪。龔暮年隱居此間，嘗作清涼山掃葉僧狀，故如今闢此地爲其紀念館。館中無甚文獻，惟落葉鳥啼爲可親耳。

下午再去傅抱石紀念館，館也在南師大旁邊，僅隔一牆。另有一舊宅，在傅厚崗，從前徐悲鴻也在那兒住過。傅抱石逝世後二十年，此地改爲紀念館，在一小山崗上，蒼松四圍，蔓藤纏屋，小樓宛然，都無人跡。東西也不多，遠不如今年九月在南京博物館看的。當時正辦傅氏特展，故聚展了幾百幅。可是晚上社科聯請客，舒小娟告訴我，南京還有一家，收藏更多，約了下次再去看。

據說傅抱石畫近日也要在台灣展覽。傅抱石畫有許多工藝的成分，例如人物畫多程式化的扁平型類別人物，高士、仕女、面貌、姿態、衣飾都是格套式的，配景不同罷了。細節用西洋畫素描工夫；大畫面處理則先用破毫筆蘸墨，用力刷、擦，畫得差不多以後再把紙翻過來，暈染赭色，或揉擦。這種辦法，是他形成所謂「傅氏山水」的祕訣，因此他必須用經得起揉皴的皮紙（或日本麻紙、高麗紙），用一般的宣紙就不行。另外，他的風格，整體上偏向陰濕幽玄，構圖則頗用西洋畫法，受水彩影響也很深。這些，都是他不如張大千、溥心畬之處。如今他的作品，在國際拍賣市場炒作的價格高飆，但聲價久而論定，當以余言爲不謬。

二〇〇四、十二、十四

十二月十五又記

前兩天才談到崑曲配樂之交響樂化問題，今見電視，第四屆中國京劇藝術節在上海天蟾逸夫舞台舉行，居然全場用交響樂，小提琴、豎琴等等，令我驚愕得說不出話來。怎麼？大陸上已經沒人懂戲了嗎？

自來自去荊州遊

十六日在南京大學「思想家中心」演講，論東晉之儒學。後，即往機場，飛武漢。夜抵武漢大學珞珈山莊。此處，二年前佛光大學與武大合辦西洋哲學東漸一百年研討會時即住過，風物依稀，彷彿昨日一般。

十七日晨，古遠清來，邀赴他家小坐。談及他與余秋雨打官司等事，出示文革中多種資料，證明余秋雨不誠實。文革中參加批判組，本非特殊劣蹟，有此經歷者，不可勝數，但余秋雨刻意隱諱，且爲了隱諱而不斷說謊，才是他被人批評的地方。近著《借我一生》，上海戲劇學院戲劇文學系原先的總支部書記周培松就在《新週報》上公開撰文指出余著「關於文革的章節摻了不少假」。去年，余秋雨控告《北京文學》編輯蕭夏林，結果敗訴。今年蕭君又在海峽文藝出版社出了一本《余秋雨的敵人》。因此余秋雨想藉打官司來挽救名譽，就和他想打盜版一樣，看來都是成功之希望渺茫，且他越打，敵人越起勁。這眞是何苦來哉？

十七日下午去哲學系演講。講前餐敘，逢高宣揚，他現在上海同濟大學，正在辦法國中心，據云成立時法國總統席哈克親去主持。席間因飯廳內陳設曾侯乙編鐘仿器一小組，所以我略說了一下編鐘源流及其音樂、器物、典制之特色。諸君皆詫。蓋中國人而不知中國事久矣！楚地雖多出古器，楚人亦不盡知之。

是夜遊吉慶街，該地有街頭賣藝者甚多，聽了幾曲楚劇、湖北大鼓等。十八日則往荊州。

荊州乃名城，不待介紹。古城牆非常完整，博物館藏鳳凰山漢墓古尸文物等亦極精，漆與絲恐怕更是冠絕宇內。長江邊的萬壽寺塔也古樸可喜，塔內雕刻爲楚地所罕見。惟張居正故宅已不可見，不免悵悵。不可見者，尚有楚都郢中、宋玉宅等，僅護城河邊矗立著一尊屈原像悵望流水而已。

夜裡住在荊州。我一人頂著寒風，自東往西把老城走了一横。這是個旅遊沒做起來的古城，跟閬中類似，而比閬中更無旅遊味（爲什麼拿它們比？荊州乃關羽鎮守之地，閬中是張飛，所以比著好玩）。只是尋常百姓生活，不表演做作給誰看，也不求人欣賞求人憐，所以樸實自然。城中湖畔，茅檐數椽，自打水、自蕩舟、自飲酒，所以令人喜歡。當地人感嘆荊州除了長江大學，就別無所有，又感嘆該地缺乏工業。其實有了大學還要什麼工業？荊州人若少此感慨，多些自信，那就更好了。

二〇〇四、十二、十九

文人官司

前日古遠清贈我本期《中華讀書報》，因上面刊載了梁實秋研討會及我擔任會長的新聞。今日略翻，見到好幾則打官司的事。其中幾米被人冒名出版二本漫畫的侵權官司勝訴，値得高興。另一篇長文，評《語言文字學辨僞集》，提到一九九五年徐德江告伍鐵平的往事，當年此案法院以「此案法院不宜審理」結案，但被此文作者解讀爲：「事實上等於駁回了徐的起訴」，並逕用伍氏說徐是學術騙子的話。指徐是學術騙子，是「沒本錢的人偏要做大買賣，大吹大擂，欺世盜名，十分惡劣」的典型。對此，我卻有些意見：

一、文人學者好打官司，本非好事；打了官司，也分若干種。具體侵權是一類，所謂毀謗名聲是另一類。前者好判斷，後者便往往難辨識。從前李敖與徐復觀、胡秋原打了許多年這樣的官司，如今誰不認爲那是三人精力可悲的浪費？官司打完了，誰贏誰輸，幾乎沒有人記得，輸贏也與三人之名聲、歷史地位毫無關係。此等官司，有何可打？二、文人筆戰，亦不宜由法院來判斷是非，因此北京法院以該案不宜審查處理，我覺得很對。三、可是法院不審理，被該文作者逕視爲徐德江理虧，就有些說不過去了。徐德江與伍鐵平等人之爭論，彼此惡詬，乃語文學界兩派之爭：一是站在國家政策、簡化漢字、推行漢語拼音那一方的；一是強調漢字文化殊勝優美而反對上述立場的。徐屬後派，拱袁曉園出面，主辦《漢字文化》多年，而被前面那一派批評爲不科學、僞科學、學術騙子。其實呢？雙方在學理上各有見地，亦各有所蔽，平情討論，本爲美事，藉口「端正學風」「辨僞」來攘斥異己，便無必要。我昔年曾參與兩派之爭，如今袁曉園又已逝去，忽見此辨僞文集，自不免大生感觸。

以上是二十日早上寫的。下午去武大中文系演講，晚上在大學部講通識教育與人文精神。講畢已近十時，哲學系彭富春又拖我去吃烏龜，夜半始散。富春乃劉綱紀助手、李澤厚學生，曾來佛光數月，故致綢繆如此。

二十一日清晨搭機飛廈門，王兆鵬裹寒來送。此次在武大，多賴他照拂，甚感之。本擬在武漢多留些時日，上武當山去玩，但呂振南先生邀我來廈門，亦不能不來。呂先生對我一向敬重，我們學校職工去金門旅遊時，他特地由台灣趕回金門，請所有人吃飯，並推許我說是朱熹以後對金門最有貢獻的學人。我在北師大辦漢字所，也是他支持的。另在廈門大學，當年也留了一筆錢要做研究項目，這次來，就是要處理此事。同時謝宗裕也由台灣飛來碰面，邀徐學來商量做一套兒童科技教育的創意教學教材。

廈門的情況，迥異於大陸內地。其他地方看兩岸關係都是冷肅的，廈門則跟它的天氣一樣，依然暖洋洋。兩岸商務、文教、人事完全一體化了。呂先生一個月可以來回跑上十幾趟，其間關係之緊密便可想見。在此，令我有些新的體會，以後得便再寫吧。因爲徐學、周寧又邀我晚上去廈大演講，使我有些頭疼，眼看要成爲流浪演說戶了。

二〇〇四、十二、二十二

議福建文教政策

我在荊州，曾見楚墓出土絲、絹、羅、錦，其藝非今日所能及。南京的雲錦也是如此，現代機器織不出的，因此正在申報世界遺產。雲錦就是古代刺繡編織工藝僅存的部分，其他已經亡佚的，尙不知有多少。本來我們都以爲工器技術，均是後出轉精；人文思想部分，才無所謂的「進步」或進化。實則工器技術亦未必是進步著的，許多東西，硬是今不如古。造紙、製墨、燒瓷，或上面談到的織錦，多是如此。

技術其實也是人文性的，因爲它若僅是一種客觀性的理性法則、技能、規範，它就不會失傳。莊子談過庖丁解牛、輪扁斲輪，那些故事便告訴我們一個眞理：技術也是得之於心，應之於手，雖在父兄，不可以移子弟的。

在廈門，聽到一些老藝人凋零的消息，這種感慨就越甚。所謂「走了一個人，亡了一門藝」，如大廣弦說唱，今後沒了，因盧培森已死，此後這門技藝就「斷弦」了。其他沒斷弦，可也差不多的，是同安車鼓、皮影。這不是福建政府把明年元旦定爲民族民間文化保護日，或編一本《廈門市民族民間文化保護名錄》就能保護得了或搶救得了的。工器技術尙且不能靠這種辦法來保存，戲、樂、曲、演這類技藝，那就更不可能了。要保存它，須靠一種人文環境。政府與社會共同營造出這樣的人文環境，藝業才能在裡面生長存養。

說這些話，有點「既傷逝者，行自念也」的味道。想我雖不才，但亦有一二藝業，曾獲眞傳，又確有心得。我若死，這種學問的路數便絕，天底下亦不可能再有人能創闢此一途徑，中國文化宮廟之美、百官之富，遂終不得而見矣。所以，哈哈，所以我還須賴活著。

以上一番鬼扯，其實是要談福建的教育文化政策。其文化政策，如上所述，據我看，不甚成功，其教育則有待觀察。蓋其政策主要是灑錢：到二〇〇七年，全福建低收入戶兒童義務教育都享受「兩免一補」，殘疾者全部免費；每年撥一．五億給大學，發展一百個重點學科；推出「閩江學者獎勵計畫」，建立十個國際級團隊，向海內外公開招聘學者；達成二百六十所優質高中；依法保證教育撥款、寬籌教育經費……等等。大手筆、大氣魄，令窘於經費的台灣愧煞、羨煞。但錢能花在教育上，固然是好事，教育卻不只是錢的問題，除了錢以外，我看不見大陸國務院教育部「教育振興行動計畫」及各省之實施意見有何人文思考。這才是令人疑慮之處吶！

二〇〇四、十二、二十二

兩岸經濟發展

美國總統大選揭曉，台灣與美國的關係成了新的揣測話題。這個話題的實質內容，卻又不是台美關係，而是兩岸關係。目前主要的媒體觀察都集中於政治層面，因此我想就經濟層面略作補充。

現在台灣的電子業已成爲生產主力，全球市場內60%以上的筆記型電腦是台灣製造商生產的。這60%中還包括超過90%的一線品牌，如DELL、HP代工的產品。可是，這些電腦，卻有80%以上是在大陸製造的，主要的筆記型代工品牌，如大眾、華宇、志合都已將生產線移至大陸，緯創、仁寶、廣達、英業達也都在大陸建立工廠。目前政府當然對它們移去大陸的資金及技術有所限制，但我們仍要指出的是：明年起，包括廣達、宏碁，在第一季之前就會把所有筆記型電腦生產線都移到大陸，所有筆記型的訂單，都會由大陸發貨。

這樣的產業結構變動，不是整天仍在喊著愛台灣、罵別人出走、掏空台灣的人所樂見或能見到的。陷在兩岸敵對思維中的人，常認爲大陸是用經濟在吸住台灣，是統戰，是要把台灣掏空。但實際上，主張台獨的某些企業家不也仍須遄赴大陸投資嗎？奇美的許文龍就是一個例子。台灣以外，全世界也都在敲中國的大門，美歐諸國不用說，東南亞國家最近尤其火熱。「第一屆中國與東協國家博覽會」本月三日剛在廣西南寧舉行，老撾、緬甸的總理、柬埔寨首相均往與會，和大陸簽了一百六十五億人民幣的合作項目，大有斬獲。據大陸國務院副總理吳儀說，今年大陸與東協國家的貿易可達千億美元，更是令人吃驚。

相較之下，台灣夸夸其談的南進政策，或呂秀蓮自欺欺人的印尼之旅，不是彷若笑柄嗎？對於東南亞國家，我們瞧不起，罵人家捧中共的ＬＰ；可是像法國那樣，總統親自登門去招攬生意，我們又敢說什麼？

大陸經濟之發展，可資注意處，又不只在吸引外資，其內部結構亦在調整。文化部日前已釋出政策，將進一步放寬文化產業進入門檻，如影視、音像、文化旅遊、文化娛樂、網絡文化、圖書報刊、文物藝品、藝術培訓等行業都支持非公有制經濟，以獨資、合資、合作、聯營、參股、特許經營的方式從事。這亦將帶動外資及外國人才的投入。

這樣的經濟態勢，才是我們值得注意的。政治上儘可再吵，若經濟上台灣垮了，跟大陸也就不用談了。

二〇〇四、十二、二十三

記一曲耶誕琴聲

由廈門返南師大，天正下著雪，與我第一次來南師大時相似，但時間已隔了十四年。時光如矢，故可驚也。

南師大創校已百餘年，體制屢變，目前有三個國家重點學科、十三個省級重點學科、四十六個博士點、九十八個碩士點、七個博士後流動站。我剛來時，就有一位博士後沙先一來幫忙，因他恰好住我對門，可以照料我。先一是張宏生的博士，現在此進修，修訂了博士論文：《清代吳江詞派研究》，論戈載、杜文瀾等一派詞學，井井有條，可見學有本源。但此番歸來，卻不見他，大概跟我一樣出外雲遊去了，或者是歲末年終，返家去也。

我無家可返，只能杜門寫作。因回來開看電腦，見台北市政府下月要辦漢字的研討會，來催稿了。派給我的題目是〈漢字：由面對歐洲中心論到面對全球化〉，雖此間家徒四壁，無書可用，亦不能不寫。南都寒甚，凍雲四合，而屋內暖氣又已壞，呵凍而寫，字若僵蚓，在紙上蠕蠕而動，自己看了也不免啞然失笑。

夜裡打電話去北京給女兒，她竟大嗔怨，說今乃耶誕夜，我不在北京陪她，四處跑去玩，害她今天只能獨自去吃食堂，「你不知道『每逢佳節倍思親』嗎？」她說。嘿，這句詩居然用在這個時候，真虧了她。不過，也許是思我帶她去吃耶誕大餐吧，她不知道我在此地也只是自煮一碗麵吃了而已。

但她提醒了我：現在已是耶誕。我手機裡另有一人傳來簡訊，更是節味十足，曰：「天蒼蒼野茫茫，暴富的希望太渺茫，水灣灣路長長，沒錢的日子太漫長，樓高高人忙忙，今夜能否與你結伴搶銀行？接頭暗號：祝聖誕節快樂！」

聖誕快樂，慶幸許多人並不用搶銀行。二十五日晚，江蘇教育出版社徐宗文先生邀宴，在獅子橋。我提前到那附近一看，簡直目瞪口呆。車水馬龍、火樹銀花不說了，餐廳、飯莊、菜館、食擔、茶座、酒樓，不下百千家，人跡雜遝，摩肩接踵，好一派節慶氣象。年輕人當然居多。而網上對耶誕節中國人到底該用什麼態度過，也有不少爭論，好像喜歡過這種節日的都是青年、洋派分子。可是這個問題也可以不那麼看，因爲此即古代廟會的現代型態罷了。在街上逛，便能聯想到《東京夢華錄》中對汴京歲時節日與廟會的描繪。

但獅子橋的笙歌達旦、酒肉徵逐，畢竟只是城中一隅而已。在南師大校園邊長街暗巷的路樹陰影中，卻流漾出一曲哀怨宛轉的琴聲。我循聲找去，原來是一眇目老人，兀坐在陰僻街邊，拉著他的琴。伊唔抑咽，在冷極了的空氣中，如一江涷不住的水，嘩啦啦潺湲不盡地把幽怨流個不了。

我怕聽這種音樂，又喜歡這種音樂。

怕聽，是由於它顯示了社會上「朱門酒肉臭，路有凍死骨」的眞相，使人惻惻不安。大陸這些年，街頭背兒負女的流民乞丐已漸少，蹲坐路邊掛個小紙牌找臨時工作的農民和下崗工人也漸少，但這偶爾在暗夜冷巷竄出的身影及琴聲，卻提醒了我們：原來社會仍是貧困的、眞相仍是殘酷的。

今晚這麼冷，這些人熬得過嗎？

從純音樂的角度說，則我又最喜歡聽這種音樂。道理非常簡單，譬如「女子十二樂坊」那樣，在舞台上賣弄性感、搔首弄姿，用擴音器、配CD曲、拉搖滾，怎麼比得上霜天雪夜這冰絲裂帛般的聲音？那種，是媚俗的，求掌聲的；這種，看起來是要錢，其實雪夜既無路人，孤坐清宵亦要不到什麼錢。那琴，拉起來，只是把一腔心聲、一腔音感，一股腦地說個不休。少數聽到的人，怕他要錢，碰到這種情況，總是快步走過，所以他們通常也無聽眾、沒有知音，沒人知道他們到底拉得如何、彈得如何。

事實上路人大抵也不懂音樂，吹彈奏唱以求賞，實亦等於緣木求魚或問道於盲。因此他們的音樂，是一種純粹的音樂。他們的身世、心情，全寄託在那裡，所以聲音往往最好。就像蘇州評彈，我聽了不知有多少，但沒有一曲能比得上我第一次坐船從杭州到蘇州時，大清晨在空無人跡的街上，聽一漢子自彈三弦。那漢子背著一身樂器，正準備去行乞，根本沒發現我在對街，剛跨下三輪車哩！

二○○四、十二、二十六

議時事四則

今返北京，寒氣甚重而不雨雪。北大學校中未名湖湖冰亦不甚堅。只因積雪未退，故特顯荒寒，蝸居無俚，雜論時事數則，錄於後。

一

觀察大陸，需要注意其思潮之變化。大陸近來新左派聲勢漸漸壓過新自由主義，便是個頗堪矚目的現象。

新左派與新自由主義在定義上未必能夠很明顯地區分，但它們彼此對許多具體的事情看法相左。例如新自由主義反對文革、反對毛澤東，新左派不然。新自由主義認為中國主要的問題在自由化不足，故應追求自由民主，新左派亦不以爲然。新自由主義主張開發，新左派則強調民族自主；新自由主義較持與美國親和的態度，新左派批判美帝國主義等等。

新左派認爲：新自由主義舊的淵源是從亞當・史密斯到馬歇爾的自由主義經濟學，新的起源則爲雷根和柴契爾夫人等的右翼保守勢力，向第三世界國家推銷的主張。主要是要求這些國家放棄政府干預經濟，推行國有企業大規模私有化。實施金融、投資、貿易領域的自由化。

而這些主張，在新左派看來卻存在著下列問題：一、八十年代以來，東歐及蘇聯，乃至中南美洲若干國家採用新自由主義之方法改革經濟體制，其結果都顯示了它既不能改善經濟又會搞垮其政治。二、大規模出售國有企業以促進所謂的私有化，一方面會造成社會不穩定，而且允許外資或跨國公司收購，兼併國有企業，將形成全國買斷收購的風潮，地方國有經濟體制迅速崩潰，影響地方政府財稅來源，削弱社會保障與公共衛生體系。三、金融銀行屬於戰略行業，其開放固然有利吸引外資，促進短期內的經濟增長和股市繁榮，但長期看卻會變成國際資本控制市場的結果。亞洲金融風暴和阿根廷的崩潰，都肇因於此。四、新自由主義不僅會造成社會兩極分化，加速貧富差距，還會推動政治自由化。五、美國推行新自由主義有其國際政治目的，故對學說不能僅從中性的經濟事務看，還應正視美國霸權的動機和行爲。

新左派之觀點大抵如此。它與新自由主義的爭論愈來愈趨熱烈，因爲有伊拉克戰爭及台海情勢之升溫，此一爭論更具現實意義。由於反美、反霸、反全球化、民族情結日益高張，新左派在知識界，尤其在校園內勢已越來越大，針對共產黨去要求它遂行自由民主者卻越來越少。這與美國校園內新左派批判其政府的景象及作用，其實是恰好相反的。

這樣的思潮正在大陸得勢，豈不是我們該注意並警惕的嗎？近日《光明日報》連刊了幾篇文章，批新自由主義，且呼籲〈警惕公共知識分子〉。大陸知識界普遍懷疑那是中宣部授意的，因此更增肅殺之氣。

二

法國在大陸舉行的「中法年」活動，由總統席哈克親自領軍的代表團已帶著豐碩的成果，滿意而返。此番出訪，大陸回報的是四十億美金的訂單及一大串合作計畫，令歐洲其他國家議論紛紛，美國人更是眼紅。

法國這些年是最善於利用美國在國際政治上縱橫捭闔所形成的矛盾與罅隙來發展自我的國家。例如美國強攻伊拉克，法國就在國際舞台上幾度利用此一話題，做盡姿態，取得不少舞台聚焦效果。誰都明白：法國甚或全歐洲都反對，美國還是會出兵的。可是席哈克卻利用此一機會創造了法國在國際舞台上的發言地位，使歐洲一體化的格局中法國的重要性大增，這即是它在國際政治場上的高明之處。

海峽兩岸的情勢又為法國製造了機會。這不但是提升其國家聲望及發言權的機會，更是商機。早先，在美國人對台軍售仍佯羞帶怯、欲迎還拒時，法國就已趁機賣幻象機、賣拉法葉軍艦給我們。其間雖存在暗盤與弊端，迄今仍顯得撲朔迷離，但已可見法國久欲在此著力。這些年美國傾力推銷軍品給台灣，法國則轉而向大陸市場去操作。一方面呼籲歐洲開放對大陸的軍售；一方面支持大陸的對台政策，向大陸示好；再一方面則積極進軍大陸。此次中法文化年活動，便是近年此一策略奏效的成果。

法國的成功，對國際社會影響匪小。在席哈克訪問大陸時，我即在《民生報》社論指出：德國在大陸投資地位已受到巨大衝擊，勢必急起直追，一年內也必有大手筆拉攏大陸之動作。如今果然。德國總理已馬上跑來大陸了。美國對此也暗自氣沮，除加緊施壓對台軍售外，亦必設法扳回一城。這就是席哈克雖已結束訪華，國際輿論卻對之仍討論未休、餘波盪漾之故。

身為台灣人，我們見此形勢，心中實感悲哀。因為兩岸越對立越緊張，其實越提供了列強在此炒作操弄的機會。我們以爲我們在爭取什麼尊嚴、自主、安全，實則只是列強在假藉我們爭取他們自己的利益。可惜的是，領導人看不清這一層，或著說領導人自己的利益也要藉滿足列強的利益來達成，因此我台灣人民便只好成爲他們的俎上肉了。

其次，國際社會不是只有美國、日本。台灣要發展、要與大陸競爭，不能只把眼睛盯著美國、日本。歐洲國家也很重要，爭取支持得加把勁。尤其要愼記不要再口無遮攔說粗話罵人了，法國、德國可不像新加坡那般「如鼻屎」大。

三

美國眾議院日前通過了「支持香港自由決議案」，大陸反應激烈，外交部表示強烈不滿及堅決反對，不但利用發言人談話表達「對美方粗暴干涉中國內政和香港特別行政區事務的行爲表示堅決反對，並敦促美國國會立即停止對中國內政的干涉」；也趁美國負責東亞事務的助理國務卿凱利訪華之機會，由外交部副部長當面向之表達不滿。

看來，大陸對於不讓外國勢力干預其境內事務是頗爲堅持的。但是大陸去年底就簽署了「聯合國反腐敗公約」，今年它簽署的「聯合國打擊跨國有組織犯罪公約」也已正式生效。在這方面，它又似乎頗願與世界接軌，也不排斥外國勢力介入，願與之聯手整治境內腐敗與犯罪現象。

這兩種作爲甚爲矛盾，但實質上又不矛盾。爲什麼呢？美國支持香港人爭取自由，衝擊了大陸對香港統治的威信；要求更多更好的自由，也意味著要減少對香港的控制，大陸當然反對。可是，引進或聯合國際力量打擊犯罪卻是中張政府對社會控制力的好辦法，可以強化政府的統治力，大陸自然歡迎。歡迎和反對的理由是主權、內政、反腐敗、打擊犯罪。而實際上，那些都只是表面的口實，眞正的理由就是統治者的利益，哪是爲了內政或反腐？

由內政說，香港如果治理得好，港人會如此反彈嗎？五十萬人大遊行，內政問題不嚴重嗎？自己幹不好，倒不准別人評論，更不准別人支持港人追求更好的生活，豈非豈有此理？香港若自由了，美國人想干涉內政又干涉得了嗎？同理，腐敗，不折不扣是內政問題，反腐敗主要戰場在境內。只要大陸政治清明，會有腐敗嗎？簽一紙聯合國反腐公約，對境內腐敗現象能有什麼幫助？

看看大陸，再想想我們自己。這般只爲鞏固統治者利益而罔顧社會實際的事例，亦所在多有。三一九槍擊案東拖西拉，談法理、論職掌，死也不願讓眞相調查委員會展開調查；自己在槍擊案疑雲中就位，卻指責國親人士在美國「告洋狀」，而政府更不斷派人前去華府疏通；我們自己在報送殘障奧委會資料中載明團長非吳淑珍，後來政治運作，讓吳淑珍帶團去雅典吃了閉門羹，則痛批中共打壓，以激發民氣作爲政治資本……。這些舉措與中共痛責美國有何不同？看中共這樣做，我們覺得可笑，看見我們政府這樣做，我們則覺得痛心呀！

四

俄羅斯人質案發生以來，全世界都看到了俄國在政治上的困局。車臣問題無法解決，救援人質又手法拙劣，普京等人固然仍顯露著精悍之氣，但困局恐怕非短期內就能解決；想在全球發動反恐作戰，暗殺「車獨」領導人物，更是一味蠻幹，效果必然有限，且貽患無窮。

但我想要提醒大家的也正在於此。俄國在政治上誠然表現不佳，可是這個國家近來經濟的發展卻不可小覷，值得吾人關注。何況普京近日又與印度結盟了，更不容忽視。

近日普京會見德國總理時表示：俄國人今年頭五個月，經濟增長率達7.3%、固定資產投資增長了12.4%、工業生產增長了7%。事實上這並非今年特殊的表現。俄國經濟於一九九一年陷於癱瘓，一九九八年再受金融危機之影響，情況實非一個慘字所能形容。但自一九九九年以後，每年經濟都在復甦增長，其國內生產總值累計增長了近30%，去年俄國人的人均收入已達三千二百美元。這在全球經濟普遍低迷的情況下，幾乎可說是中國大陸之外最好的地區，在歐洲更是一枝獨秀。

俄國經濟之所以有此表現，一般認爲是因政治穩定，這一點，與只看到車臣問題的人觀感恰好相反。由車臣問題看俄羅斯，會覺得它政治上極不安定，可是事實上俄國本身政局穩定，經濟政策足以確保其延續性，而石油出口更替俄國賺足了錢。俄國乃能源大國，近年國際石油價格由一九九八年的每桶十美元左右飆漲到每桶二十美元左右，對俄羅斯的經濟發展大有助益，再加上內需擴大、消費增加、去年的人民投資增長率12.5%，經濟情況自然更好了。

俄國當然也仍有隱憂或困難，例如經濟結構不良，出口尤其是原料性產品出口所占比例過大；外資缺乏；企業之設備及技術老化；輕工業弱勢領域不但未振興且越來越弱勢等，都是短期難以克服的。即使是軍事，近期在中俄邊界舉行演習時，都還需要向美國求援，使用美國的衛星定位系統，原因是老舊衛星無法增新，其他可見一斑。

可是綜合起來看，俄國經濟的發展仍是應注意的。台灣與俄羅斯的經貿交流久無進展，與台灣人對俄羅斯的發展趨勢不了解有關，希望以上的簡略分析能提醒大家多注意這塊新發展地域。

二〇〇四、十二、二十七

旅中寫作

二十六日在南京大學參加「多學科視野的思想史研究」討論會，講清代的文人說經風氣。二十七日返北京，二十八日在社科院文學所講「隱性台灣：文學與意識的流變」，二十九日去北師大哲學系，講研究中國哲學的方法。反正是流浪演講，文史哲什麼都來的。用唱戲的話說，就是文武崑亂不擋，生淨末丑都得會，偶爾還要學學女起解，唱一段「蘇三離了洪洞縣……」

回北京，收到黃維樑兄寄來的賀卡，關心我在北京有沒凍著，甚謝。文中並談到我隨筆中多誤字，例如「此身合是詩人未」，誤爲「舍是」。確實，隨筆寫於旅中，潦草錯落是避免不了的，筆誤不少。旅中用紙不易，所以常找一些文件，利用背後空白面來寫。而傳眞既不便又極貴，所以更要惜紙，一頁總要細細麻麻，把字盡量寫小才划算。偏偏紙張質地通常不佳，墨水筆一寫就糊了。這一圈圈墨點墨團，還要經過效果不甚穩定的傳眞機傳去台灣給明芳打入電腦，可多費勁哪！每想到明芳收到這樣的傳眞紙，要在哪兒猜呀認呀，實在認不出，還得打電話來問我那到底是在說些什麼，就覺得抱歉得很。旅中寫作，說起來浪漫，其實窘束潦草，不是那種在書齋裡沏茶把卷，鋪陳其旅遊經驗者所能體會的。內中多有錯誤，看官請諒！

當然，若我直接用電腦輸入，便無上述麻煩。但此事說來容易，做起來，哼哼——。須知旅途上連要找一處傳真都很難很難，有時要開車去黨政機關借，有時委託專人專程去傳，有時傳也傳不出，只能回北京南京再說。用電腦，除了替自己找麻煩之外，用途實在不大。再說，我只會注音符號拼音輸入，大陸的鍵盤我也無法使用。

用紙筆，也還是有問題。我寫東西，不擇時地，不須參考書籍，坐下就能寫，固然。但我無徐霞客之本事，荒山野店，隨時皆可濡筆成文。我對紙筆還是有些癖好的。粗紙劣筆，字越寫越醜，我心情就越惡劣，漸漸就跟自己嘔起氣來，文字遂像跟人打過架似的，一副氣急敗壞的味道。在台灣，我自己製作了一批稿紙，就是爲療此宿疾而作。明芳幫我打字，一定會發現凡用我自己稿紙寫的，一定較乾淨明媚，少塗改錯落，字也清楚；用其他紙就胡亂一團。

這些個人經驗，固屬屑末，但亦可證明旅行寫作並非易事。

台灣這些年，流行旅遊文學，大陸亦於一九九九年新創「行走文學」一詞。雲南人民出版社組織了阿來、扎西達娃等七位作家，分七條路線入藏，輯爲《走進西藏》叢書。次年又動員了八位作家「解讀雲南民族文化千里行」，九位作家「游牧新疆」。鷺江出版社則邀葛劍雄、周國平等去「人文學者南極行」……。什麼魂繫羅布泊、開車走中國、一路奔走、走不完的西藏、極端體驗、走馬黃河、租一條船漫遊江南、一個女孩的湘西之旅、大西南遊學記、行走文學青春版……，琳瑯滿目，數也數不盡。

其中也不乏爭論，例如寫《流浪金三角》的鄧賢批評余秋雨《千禧之旅》是僞行走文學。也有批評行走文學是「用腳寫作」的，或說這些人去一趟那兒玩，走馬看花，回來就端出一盤菜，說三道四，那只能是「快餐」，絕非大餐……等。由於這些作品太多，往往在書店擺滿好幾架，我讀得有限，不便妄加評議。不過總體印象是花稍有餘，深刻不足；旅遊采風太多，生活太少。文字嘛，當然各有功力，非用腳寫作一詞可以抹殺。但，寫文章，從來就不只是文字功夫呀！

二〇〇四、十二、三十一

倚馬可待——再談旅行寫作

前幾天談到旅行寫作的難處，引徐霞客爲例，沒講清楚，今再續論一二。

徐霞客王士性這類古代旅行家之不可及，光看他們的遊記是看不出的，須設想他們的寫作情境。他們走的都是荒山、絕巖、窮鄉、僻壤，要挑著衣物食囊、炊煮洗盥用具，以及筆墨紙硯。白日遊山，夜間找地方點燈磨墨寫作，能寫成那樣的文字，實在不容易。我們爬一趟山，通常是夜間筋酥骨散，倒頭就睡，更莫說要磨墨用毛筆寫文章了。

此即是古人精敏可羨之處。趙孟頫每天可寫二萬多字。我寫文章，在同輩人中可算是快了，但一天大抵也就是萬把字，就算抄也抄不到趙松雪那般多。何況他用毛筆，又寫得那麼端秀，其捷敏精勤，幾令人難以想像。今人中，我知道最快的是倪匡，但倪匡字如解索，亂成一團，遠不能跟趙相比。這才是李白說的：「日試萬言，倚馬可待。」

其實也不用講李白、趙孟頫這麼久的事。近人如魯迅喜歡抄書，一九一三年三月五日記：「寫謝承《後漢書》始」，三月二十七日記：「寫謝承《後漢書》畢，共六卷，約十餘萬字」。從五日至二十七日，也就是二十幾天，所以每天光抄書就抄了萬字左右。而且他幾乎每天抄，抄呀校呀，寫成的抄本極多，有些著作也就是從古籍中摘抄輯錄而成的，如《古小說鈎沉》、《會稽郡故書雜集》

之類。抄萬把字，我若像他一般用毛筆就絕對做不到。而且日抄萬字，偶一爲之可也，要每天寫那麼多，我也辦不到。

胡適也一樣。看他日記，常是晚上飯局回來，一寫三五千字，稀鬆平常。撰文亦甚敏捷，如一九二二年八月八日上午剛讀完王若虛的《滹南遺老集》四十五卷，認爲：「此人讀書多獨創的見解，論文學尤多創見」，隔天便在日記上「作王若虛年譜如下」，一寫幾千字。這是創稿，非同書抄，卻也是搖筆即成，豈不令人佩服？有次他在日記上說：「上午作〈的字的用法〉一篇。我若有十天的工夫，一定可以寫一部很好的文法出來。」我也相信他這話，因爲錢穆注莊子，也只花了二個月，就寫成了《莊子纂箋》；注《公孫龍子》，只用了七天。

魯迅、胡適、錢穆對小說史、文法、王若虛、公孫龍子等的具體意見，我們當然未必歆服，可是若想想這些寫作情況，便知其不可及。我親身經歷見過的一些前輩們也是如此。

像高陽，每天在不同報紙上，或寫社論、或寫小說，或寫歷史考證文章。頭緒棼如，又是每日連載。而先生每日飲讌應酬不斷，醉後逢報社派人來索稿，即於酒邊燈下，抽紙作文。須知當時各報社連載故事皆不相連續，有的寫清代故事，有的寫宋朝明朝，又無傳眞機或複印設備，寫畢即交來人飛車送往排版，所以也未留底，可是總接得上去，井然不紊。現在我們讀《玉座珠簾》《紅頂商人》等小說，但見其波瀾壯闊、絲絲入扣，誰想得到是在這種情況下寫的？看他論《紅樓》等考證文章，引經據典，誰又能想像他是這麼寫出的？此眞才人揮灑其才也。

談文章，不能只論文本，道理就在此。王漁洋論詩，人稱其如七寶樓台，彈指即現，有禪家頓悟之妙。可是康熙找他到金鑾殿面試，趴在地上寫了半天，一個字也寫不出。爲什麼？情境使然！

七步賦詩，沒什麼了不得，我也會。但曹植那七步可是性命交關，比漁洋的情況還嚴峻得多。而漁洋一個字寫不出，曹植口占成詩，而且切合情境，出語極有分寸，竟能在表達自己才華之際，還能感動敵人，二人才華之差距，也就可以看得出來了。

二〇〇五、一、一

文化中國化

發一稿給《文訊》，說：

在二〇〇二年底，大陸已有五百萬個家庭、六十多個城市的兒童參加了讀經活動。二〇〇四年七月，又因原在深圳教書的蔣慶在王陽明悟道的貴州龍場陽明書院舉辦「儒學的當代命運」講會，而引發了巨大爭論。蔣慶本人即曾編有《中華文化經典基礎教育誦本》，故旅美華人學者在大陸報上撰文批評：「一場以文化保守主義爲旗幟的愚民運動似乎正在開始」。

但此一「運動」似未因此而稍戢。九月初，北京文化高峰論壇又由季羨林、楊振寧、王蒙、任繼愈、許嘉璐等發起了一個「甲申文化宣言」。九月底則首次舉行大陸官方之祭孔。其他各種名目的宣揚傳統文化、推廣經典閱讀的活動，就更不勝枚舉了。網路上彼此交鋒也熱鬧得很。

讀經這樣的活動，是心存五四典範、意在現代化全球化者所難以忍受的事，因此它會引來激烈的批評並不足爲奇。但如今情勢已不同於五四那個時代了。五四那時，經典及傳統文化在社會上所占的分量、或在教育中，乃是太多而非太少。社會上感覺需要吸收的是新的科學、知識與技術，不是再去宣揚那些老古董。再要提倡讀經，便會罹迂腐保守之譏，認爲是徒窒性靈，無裨時局。現在恰好相反，傳統文化經文化大革命等幾十年折騰，早已氣若游絲，應了那句老話，叫：「文化命脈之不絕者如縷」，成了有待保存之物。那些在現代化都市化工業化浪潮侵蝕之下，倖存的古蹟文物，大家都已曉得那是値得保護的寶貝，何況是無形的文化財？因此就算不發揚，僅是保存，讀讀傳統文化典籍或整理刊行，便都有了正當性。

而全球化現代化，又讓人體會到中國人畢竟不能沒有一點傳統文化的認識。因爲我們一心全球化，以爲英語說得溜、西方知識廣，人家便把我們當成同志。殊不知出了國門才知道人家想從你這兒得到的，反而是屬於中國的東西。可是做一個中國人，對中國的文化典籍又實在知道得太少了，這才需要補課。

大陸這些被譏爲保守與愚民的運動，就是因爲符合這些「勢」，所以才發展得起來。也因爲是形勢所趨、形勢所成，才能有那麼多家庭願讓自己兒女去讀經，甚至乾脆去讀私塾。自命開明的現代化論者，不明白這個新情勢，拿一些老論調去批，當然批不死，只見得勢頭越來越旺呢！

而這些活動，老實說，大抵就是學自台灣。兒童讀經，從觀念到做法，例如只背誦、不先講解，大抵即是台灣的翻版。台灣推動此一活動的王財貴兄，對之影響深鉅。而文化宣言，亦是仿擬當年唐君毅、錢穆、張君勱、徐復觀的中國文化宣言，可惜深度與力道仍與當年無法相提並論。另因近些年大陸經濟起飛，其現代化與國際化已不遜台灣，某些地方甚且勝過了台灣。台灣的民主又不成熟，故在大陸知識界文化界，台灣之政治經濟毫無典範意義及參考價値，倒是「台灣對傳統文化保存得比較好」仍是他們普遍的認知。這種認知，雖多本之於模糊的印象或感受，未必符合實際；但由於本身對傳統文化自覺虛歉，因此目前這些推廣傳統文化的動作，下意識中多少有些效法台灣從前文化復興運動的味道。

這其實就是我們在八十年代中晚期倡議的理想：「文化中國化」。當時我們希望大陸之改革開放，固然應在政治層面逐步落實民主，但更希望大陸能由馬列主義陣地回歸中國文化本位；認爲兩岸在政治上雖未必遽能統一，可是基於共同的文化，卻可以形塑一個文化中國；中國文化，也是兩岸得以交流溝通，甚或共創未來的基礎。故而彼時我們強調「中國非中共」，呼籲大陸要文化中國化。也就是在這一點上，台灣雖然地小人少，總體國力不足以與大陸拮抗，但文化擔當之氣概、自居中國文化傳承者的角色，乃是大陸所欽服而未敢輕視的。前文說過，大陸一般都覺得台灣在傳統文化的保存方面做得比較好，就是出於這種心理。

然而，九十年代以來，政局波詭雲譎，昔日張之以爲號召者，今皆棄如敝屣。在大陸有心人開始注重中華文化，願意參考台灣模式親近傳統文化時，台灣反倒在文化身分上令人疑惑。

主政者一再聲明：絕對沒有在文化上去中國化。但諸多舉措卻總是令人感到有這麼一種趨向，否則爲何要修改歷史教材、以台灣史爲核心，構造同心圓？爲何台灣史教學時數要提與中國史一般高？爲何要修訂國語法，讓國語不再是國語？爲何在教育資源和經費分配上獨厚台灣研究？爲何通知駐外使館及國營事業要將中國名號都改爲台灣？連學校也感到好像要更改校名，中國、中山、中正、中華均不便使用了？……爲什麼？

最近高中國文教材又修改了。教學時數減少，文言文比例大幅降低，理由也是一大堆，但不論其動機爲何，其呈顯之意義就是去中國化。因爲文言文較具文化含量，與中國歷史文化關係較密切，是不用說的。教授文言文時，自然會涉及對中國文化的詮釋。不教，當然也就不必關聯於文化，國文課乃變成純粹之語文訓練。相伴而來的，就是「中國文化基本教材」改爲選修。所謂選修，事實上便是要人勿教也不用選。在目前教學考試環境中，這是每個人都心知肚明的。而就算是語文訓練，國小國中都已減少時數到教師根本沒法子教了，現在高中還要再減，然後配合以課文之簡單化，我們青少年的國文將來能好嗎？

這是爲了去中國化而以莘莘學子爲芻狗呢？還是中國文化與青少年一同成了犧牲呢？民間幾位學者，奔走呼號，倡讀經、議講學，薄有績效，連大陸也漸欲仿效推廣之，而我政府，居廟堂之上者，乃甘心自棄文化於不顧，到底又是什麼心態呢？

二〇〇五、一、五

元日清趣

元旦在北京，雖陽曆新年而無年節之感，不過想起每年元旦好像都在外地度過而已。其中最奇特的一次，是前年在山西大學開東亞 STS（社學與社會）會議。大雪沍寒，零下二十幾度。元日無事，與郭冠廷、林信華、李紀祥飯後去KTV唱歌。忽停電，各樓客人全都湧出，與附近數十座歌樓客人匯為人潮，車馬咽塡，不下數千人，男女喧呶於風雪夜中，蔚為奇觀。爭車不得，數十人擠入一小客車中，人上坐人，疊擠如壓麵團，厚衣重裘之下，人人大汗淋漓，想來又有趣有可笑。今年無這類趣事，杜門默坐而已。論漢字一稿已寫畢，寄發台北市政府。另撰一文，談晚明古文家，若鍾惺、譚元春、歸有光等之古文觀，聯類下及林雲銘、吳楚材、方苞、姚鼐，略述其異同。

二日晚乘車至南京，三日晨抵達，因屋內暖氣已壞，感覺比北京還冷。霜威入指，奇寒砭骨，欲作書，皆不成字。

四日上午南師大博士後開題報告，邀我參加。這是博士後到達他們學校後，與指導教授確定題目，再舉行一次公開的審議活動。今年南師大文學院有博士後十數人，古典、現代及語言都有，一一考來，便到了中午。下午找工人來修了暖氣與電腦，上新浪網瀏覽了一番，金庸辭浙大文學院長事引起爭論甚大。南京大學董健院長爆料說去年金庸去南大演講，歷史部分頗多錯誤，南大歷史系的人批評說：「如此水準，在南大當副教授都評不上，怎能當教授、博導、文學院長呢？」如此惡評，自然是頗有贊成，也不乏反對者的。世事都如此，每件事總有不同的看法，此莊生之所以感嘆物論難齊也。

六日去南京大學演講，談唐宋文化變遷之問題，反應似乎還好，希望不至於如金庸一樣，貽人惡劣之印象。講畢，與周勛初、莫礪鋒、張宏生、鞏本棟等聚餐。周先生今退休，擔任文史館館長，談起十幾年來交往狀況，均多感慨。我與南大諸君頗有淵源，程千帆先生過世時，系內設靈堂，我還去弔祭過，今見其宗風不替，亦爲他們高興。

七日，江蘇社科聯吳穎文兄替我聯絡了此處一間民辦華夏實驗學校，驅車去參觀。返南師大時，南京市國安局有幾位先生已來找，要與我「探討」兩岸關係。我經歷較特殊，故每來大陸都不乏此種經驗，沒啥好奇怪的。我亦樂於與他們談談，藉以避免大陸對台海情勢之誤判。彼此談甚久，南大思想家中心周群先生來，他們才走。思想家中心，是南大前校長匡亞明所創，也收博碩士及博士後。上次我去演講後，馮主任及周群先生等即與校方商量如何聘我。但因南大迄今仍無講座教授制度，故他們與人事單位協商結果，暫以兼職客座聘。周先生特來說明，我自然深表感謝。反正無特別義務，偶赴講論，何樂不爲？夜則赴南師大中文系參加歲末聯誼會。這種全系聯誼，我在北大也參加過，少長咸集，頗爲溫馨。

八日到蘇州，跟蘇大羅時進兄商量設立文化資源研究所事。談畢，一個人去東園、耦園玩。東園已與遊樂園、動物園相混，涵碧樓等均沒啥可看，僅一明軒尙存。這也是蘇州園林中最具風格的軒子，我以爲勝於網師園殿春簃之明軒。

東園後爲耦園，園不古，清末始建，但朱彊村、龍沐勛均在此盤桓過，有詞記之，今已列入世界遺產。三圍環水，格局端方。園內自有東西園，其城曲草堂、補讀舊書樓、聽櫓樓、還硯齋均妙，而尤妙在遊人絕少。獨坐雙照樓茶座上，聽窗下遊船一一划過，船孃唱歌笑語弗斷，便覺人間清趣莫過於是。獨惜船孃唱來唱去，都是〈嘆十聲〉。大概旅遊單位培訓時只教了這首曲子，所以一船盪來，歌聲如此，一船盪去，又是如此。幽怨唱歎，縈迴不斷，符合倒是符合曲意了，無奈其單調何！凡事，造作的總不及自然的，此即一例。

二〇〇五、一、八

常州遊

八日在蘇州，夜與王堯諸君轟飲，遂留宿東吳飯店。一早乘火車返南京，但至常州即下。常州乃文教薈萃之地，清嘉道以後，經學與文學俱勝。我讀豐原高中時，國文老師楊樂水先生乃武進人，教誦國文，常以鄉音吟誦，音聲佳妙，足移性情。後來楊老師退休，還特來台北找到我，贈我一冊其鄉賢張惠言之文集。蓋以紹述常州學術寄望於我，而我也對常州之經學詞學確實別有會心。因此這次刻意到常州一遊。

不料，前輩風徽，如今風流雲散矣！

常州沒啥文教可觀，也無古跡，勉強一逛天寧寺。寺固然古茂，有趙甌北所撰碑石等，但經塔仍在修，且是水泥大柱式的塔樓，令人倒盡胃口。去博物館，館在清涼寺，占廟產為館舍，可謂合之兩傷。館中文物不足觀，僅一謝稚柳館略有特色，但謝先生本領在鑑別，書畫非其所長。故眞有意思的，恐怕還是廊間牆上嵌的一些雜碑。有關帝眞經、街碑、條例等，惜無拓本集可買。事實上該館也沒有任何文字刊物可提供給遊人。我問館員何處能找到一些常州方志或地方文獻資料。他面有難色，答云不知，但介紹我去南大街新華書店看看。我找去了，當然一本也沒有。

常州還有什麼呢？有的，有瞿秋白紀念館，連瞿的入共產黨介紹人張太雷也有紀念館，看來政治人物果然比文化學術人物能獲得好待遇。瞿秋白，據說幼時家裡窮得媽媽都過不了，自殺了。可是我去看，甚表懷疑，似乎是大地主或中上戶人家，故居凡四進，可想像其規模。故居旁所建紀念館，也很像樣。

瞿秋白當然可佩服，但魯迅對他的推崇，於今觀之，便可再商量。如魯迅說瞿氏的譯述：「海內無兩」，歿後並爲他編了《海上述林》。可是瞿氏的譯筆與魯迅一樣，皆令人不敢恭維。現代中文，受此等硬譯之影響甚大，流毒恐怕大於貢獻也。

參觀上述這些地方時，都沒別的遊客，總是只我一人。去劉海粟紀念館也一樣。門衛去取了鑰匙打開門，讓我自己一個人慢慢看。令我想起在南京，去徐悲鴻紀念館時也是如此。但劉館又建得比徐館好，東西也精。劉海粟的字畫，以前我評價不高，此番細看，不禁大爲改觀。此老九十三歲仍能十上黃山，所寫松、雲、山、壑，皆精力彌滿，人書俱老。畫鄧尉清、奇、古、怪四栢，墨筆鐵幹，既寫生又有意境，古人也比不上，都是令人佩服的。館畔有公園，祀延陵季子，亦使我低回不忍去。這趟到常州，還是值得的。

是夜返南京，劉進寶來邀去他府上小坐。進寶精研敦煌學及唐史，相與縱談甚快，相約編一套台灣史學叢刊。南大歷史系目前仍在發展中，但明年已申請到一個名額，可仿文學院聘我之例，也聘一位「柳詒徵先生講座教授」。以柳先生爲名，相信會有不少人感興趣的。

十日上午安全局又來邀談，晚則外貿經濟廳高鶴雲先生宴請。高先生職司該廳發言人，但喜歡文藝，尤精攝影，去過許多國家，出版過幾本攝影集。座中米壽江先生乃伊斯蘭教會副秘書長，不免談起去中東麥加附近的見聞，因此漸漸就聊到伊斯蘭教的問題。我曾向社科聯建議辦個大運河沿岸伊斯蘭教歷史古蹟調研活動，看來是可以促成的。

十一日我在南師大舉行第一次講座，談中國文學藝術發展的結構。下午高國藩來訪。頃在三江學院辦東亞研究所，又在香港辦出版社，老驥伏櫪，壯心不已，甚可佩也。大陸學者，往往牢騷太多，清談太妙，辦實事卻未必踏實，高先生似甚有苦幹精神，前數日見華夏學校陳校長亦然。大陸民辦學校，都說難辦，效益亦不佳，政府刻正準備大加裁抑。但民辦事業中，畢竟仍可見眞氣力眞精神。這些，正是未來有待我繼續深入觀察的地方。

二〇〇五、一、十一

流轉北大、清大與南師

十五日由北京返台北，明芳明莉來接，明芳並將此番所寫隨筆悉數錄出，供我校訂。十八日考畢素絹論文，且與振宏等人商討論文大綱後，略作校補，再交明芳。

重看這批隨筆，頗有感觸。因爲不知不覺竟寫了六、七萬字，而且純是無心插柳，原本是聊向佛光大學師友報告近況而已，誰知居然塗抹成了一片風景。

默念此半年行止，也很有趣：上半年在北大客座，兼往南京師大擔任講座教授，年後還要去清華。這三個地方串起來，竟默符一民國以來文化發展之軌跡，實在太奇妙了。

民初五四運動的大本營在北京大學，這是不用再介紹的，其時在一九一五至一九二三年間。一九二〇年南京高等師範學校改制，成爲東南大學，即以南師及東南大學人馬，如梅光迪、胡先驌、柳詒徵、吳宓、劉伯明等，成立《學衡》雜誌，於一九二二年出版，成爲對新文化運動最主要的批評者。梁實秋讀清華時，因赴東南大學參訪，結識了吳宓等人，返校後即在《清華周刊》上撰文稱揚《學衡》。而隨即吳宓也轉到清華來任教，擔任國學研究院主任。東南大學一批學生，如陳寅恪的助手浦江青、王國維的助手趙萬里，也都轉到了清華。所以《學衡》後期的撰稿群，以清華與南師改制後的東南大學爲主。這批學者，被稱爲文化保守主義，與北大《新青年》所代表的激進文化改革派壁壘彷彿互異，其實《學衡》作者中如陳寅恪、湯用彤、向達、賀麟、張蔭麟，都與胡適或北大關係密切。現在的北大，經過五十年代的院系調整，把原先在清華的馮友蘭等人都併入了北大，其間壁壘就更不分明了。錢穆、馮友蘭在《學衡》時，胡適曾在日記中批評道：「張其昀與錢穆二君均爲從未出過國門的苦學者，馮友蘭雖曾出國門，而實無所見。他們的見解多帶反動意味。」可是不旋踵而錢穆入了北大，馮友蘭隨後亦成爲北大一塊招牌，故反動不反動，實在難說；北大、清華、南師這三地學人之交流轉輪，亦非保守激進等標籤所能涵括。而北大、清華、南師這三校恰好也是新文化運動以後整個文化發展的焦點。

我這趟赴大陸教書，亦如前輩學人般，流轉於這三校之間，感覺當然十分奇特。

十九日返佛光參加尾牙。校內人事正逢風暴：佛光山派滿淨法師來任總務長，限期交接。趙寧無奈，改派郝武平轉降推廣中心主任，謝正一被撤職。同仁自然大表不平，看來氣氛甚不和祥。因此尾牙吃來另有一股離散之情。

但我無法管這些事了。學生書局告訴我：《文學散步》已售罄，要我修訂再版，令我大吃一驚。這本書才剛由漢光轉給學生出新版，竟又要加印了，我得儘快重校一遍。而市政府辦漢字文化節，我又要演講又要發表論文、去開會，也很忙的。

二〇〇五、一、十九

檳城行

二十三日在社教館講「城市市招的符號學」。我的符號學早期主要論文字，近則擴及圖象。前年在北大「蔡元培講座」所講，及在川大召開的符號學會議都談圖象，不過都還是針對古代文化做分析；討論當代都市的符號，當然也是我所深感興趣的，待有暇再徐徐爲之吧。這次只是配合漢字文化節的活動而已。

二十四日去馬來西亞，直飛檳城。佛光原與孝恩基金會在馬合辦了四個研究所，由孝恩負責招生及課務，我們派教師去，口碑甚佳。孰料後來發生換校長風波，有心人製造蜚語，趙麗雲亦不願再辦此班，遂令大馬學生群情惶惑，孝恩也一度準備法律解決，揚言要告趙及佛光山。我不希望一樁美事竟以此收場，故協調孝恩尋找代替方案，以安頓現有學生。此事懸宕多時，特飛來徹底解決之。

孝恩在大馬，係以經營墓葬園林爲主，漸發展至文化教育事業。執行長王琛發兄精幹振奇，性情與我頗有類似之處，亦爲爭議性人物，現任大馬道教會副會長，與洪門也有關係。上次我準備寫馬來西亞精武門的故事，詢之於彼，他竟抱了一大堆他所寫的馬來武術界採訪文章來給我看，可見彼此頗有同嗜。此次協商，楊松年先生也自新加坡飛來，談定了一些大原則。

檳城仍舊炎熱，達三十幾度，令我由北京台北轉來時甚不習慣。海嘯的痕跡已消除殆盡，但當地人心理上的創傷則未平復，談起來猶有餘悸。城裡倒是如常，只是洋人遊客越來越多。魯班廟附近幾成洋人區，拖鞋短褲、T恤細肩帶上衣，一群群，或坐三輪車閒逛，鄰近老街皆闢爲適合洋人品味的茶館、酒吧、古董店、特產鋪，間有人妖阻街，妖嬈作態。

檳城其實是北馬電子工業城，但整個城市的性格畢竟仍是古城，是老英國風情、印度馬來風味、以及華人閩廣文化混合而成的地區，因此才能吸引許多洋人來此旅遊。據云哈佛等校每年均選派學生來此旅遊習學，類似我們佛光從前辦理的移地教學，而更靈活。廈門大學南洋學院也有心在此做研究。惟台灣對此地不甚關心也不想了解，爲可嘆耳。

此行去了三慧講堂，看了太虛法師舍利。講堂尙供有舍利佛、迦葉尊者之舍利。廊柱間高羅佩聯匾猶在，但幾乎沒人注意到，也不會知道高氏曾編有《祕戲圖考》。

佛教以外，也與德教會人晤會了幾次，又拜會了民政黨議員。帶小女兒去跟這些人晤談，並去參觀龍山堂邱公司、興福宮、義興社周姓橋等處，跟她講這些宗祠、會黨、寺廟故事，令她大感驚奇，說：「你什麼時候跟這些稀奇古怪的人和事扯上關係的？」她平時只在家裡看到我，沒跟我跑，見我與這些三教九流的人鬼混，所以才會如此驚異。哼，還沒帶她去看扶乩呢！

二〇〇五、一、二十六

漢字：由面對歐洲中心論到面對全球化

由檳城返台北，不甚順利。華航忽停飛，幸及早獲知消息，安排轉至吉隆坡再轉回台北。不過光轉機就耗了一整天，旅行中如此花時間的事，倒也常有。據說上帝算人年齡時，會要把這些時間扣除掉，否則常旅行的人可就虧大了。

急著趕回來，是因二十八日必須參加漢字研討會。北市府辦這樣的會，其實非常困難，政治環境惡劣，誰也不關心漢字是一；論漢字，仍是老古董學究式的論法，不能針對當代情境是二，所以必須回來支持。

此次大會主題，是出國前與廖咸浩在紫藤廬喝茶訂的，所以由我寫一代表主題的文章：〈漢字：由面對歐洲中心主義到面對全球化〉，另外，在結束座談時，我講了「建立新文字學」的構想。相對於現在中文系老舊陳腐的文字學，我擬構中的新文字學應包含：1.歷史文字學 2.社會文字學 3.應用文字學 4.文化文字學 5.技術文字學 6.哲學文字學等六大領域。明年去北師大講課時，或許就這個題目講講，也許可寫一本書，做個小革命。

會中最高興的，是與北師大王寧竟然在台北見面。我拉了周志文出來，三人一同在凱撒飯店吃了頓飯。我們三人在十多年前，合作於北師大創辦了「漢字與信息處理研究所」。如今這個所已成爲大陸的漢字研究基地，人才輩出，足堪告慰。三人談起再合作一番之計畫，依然豪情勝概不減當年。王寧乃海寧王國維先生後人，巾幗不讓鬚眉，邀我下學期「回娘家」去北師大漢字所講課，用句老式小說上的用語，應該是說：「那敢情好！」

論文〈漢字：由面對歐洲中心論到面對全球化〉如附，曰：

一、仿效歐洲語言以改革或消滅漢字

百年來的漢字史，乃是一部屈辱史。漢字背負了使中國積弱不振的罪名，成爲被改革的對象。針對漢字進行改革，是一項進行已久的文化運動，且與其他國家的文字改革性質不同。此話怎講？

文字改革有二種型態，一種是在文字制度內部改，例如秦始皇的「書同文」；或印尼改用印度字母，後來又改用阿拉伯字母；改變都仍在同一種文字系統內進行。另一種卻是文字制度的變革，例如北韓把漢字廢了，改用諺文；越南改用拉丁化字，把表意文字轉變爲拼音文字。

中國的文字改革，則是起於體制內的改變，而逐漸要廢除漢字，變成了改變體制。大陸所推行的，就是以簡化爲階段過渡，最終要達到拼音化目標。

一九二〇年，錢玄同即在《新青年》七卷三號發表了〈減省漢字筆畫的提議〉；一九二三年又在《國語月刊》發表了具體方案，倡行簡體字。錢先生本身就是主張廢除漢字的，因此簡體字之功能，即在於讓漢字逐漸減省，逐漸抽象符號化，再與拼音接軌。

毛澤東在一九五一年說到：「文字必須改革，要走世界文字共同的拼音方向」、「漢字的拼音化，需要做許多準備方向。在實現拼音化之前，必須簡化漢字，以利目前應用」，其實就是這種思維的延續①。大陸成立「語言文字改革委員會」（現改稱語言文字工作委員會）強力推行簡化字與漢語拼音，則是此一思維之落實。

此一思維，最基本的想法就是仿效西方。最早提倡拉丁化的朱文熊《江蘇新字母》（一九〇六）就說：用官話字母或切音符號都不好，「不如採用世界通行之字母」（自序）。他所說的世界通行之字母，就是拉丁字母。

但當時朱文熊所說的辦法，著眼點仍在注音，並非用以代替漢字。可是這個方向迅速與新文字運動合流了。一九三一年瞿秋白等人在海參威舉行中國新文字第一次代表大會，在瞿秋白〈中國拉丁化的字母〉基礎上，通過了〈中國漢字拉丁化的原則與規則〉方案，明確主張：「要根本廢除象形文字，以純粹的拼音文字來代替。」但基於現實需要，「不是立刻廢除漢字，而是逐漸把新文字推行大眾生活中去。」當時也在蘇聯遠東華僑工人間推行北方話拉丁新文字。

可見當時發動文字改革，非但是以簡減漢字之手段，以達全面改變文字體制，走向「世界文字共同的拼音方向」；也與語音合流，發展漢語拉丁化。激烈的，甚至主張乾脆也廢除漢語，全面採用拼音，或逕用「世界語」。

大陸的文字改革機關之所以叫做「語言文字改革委員會」，就是既改文字，也要改語言；而世界語學會迄今也仍在運作，可見此等思想影響之深遠。

然而，此種思想不折不扣是在歐洲中心論底下形成的，所謂拉丁化或「採世界通行之字母」，根本就是對歐洲拼音文字的模擬。因爲，從來沒有人提倡用阿拉伯字母、斯拉夫字母或印度字母。

以世界文字的分布來說，大抵有五大塊，一是拉丁字母，二是漢字，三是印度字母，四是阿拉伯，五是斯拉夫，餘爲其他。因此，拉丁字母非世界通用之字母，甚爲明顯。但過去誰也不重視這一點，因爲眼中只有歐美，而其他文字之地區更都是被視爲落後地域，故歐洲之拉丁文字遂理所當然地被視爲是先進的、科學的（這點底下還會申論）。

就人口數來說，漢字及漢字系之使用人數不亞於拉丁字母。就字母系文字來說，阿拉伯字母的分布地區亦僅次於拉丁字母區。可是在歐洲中心主義者的心目中，其地位都遠不能與拉丁字母相比。此等心態影響視域，可堪浩歎。

歐洲中心主義者不僅視野褊狹，更缺乏社會文化觀。例如歐洲，沿著俄羅斯、烏克蘭，到今天塞爾維亞、黑山的西邊，分界線以西信奉天主教，用拉丁字母；分界線以東，信東正教，就用斯拉夫文字。爲什麼同在歐洲，那些用斯拉夫字母的人不都採用拉丁字母就好了呢？豈非文字之使用，內含有文化因素嗎？同理，北非中東，凡信伊斯蘭教者都採阿拉伯字母。中亞、西亞、南亞，乃至我國新疆維吾爾地區亦然。印尼先採印度字母，後改阿拉伯字母，亦可印證其伊斯蘭化的歷程——相反的是土耳其，採用拉丁字母代替原先的阿拉伯字母，即顯示了它想融入拉丁文化圈（想想現在它多麼努力要進入歐盟）——印度字母，通用於印度、斯里蘭卡、尼泊爾、不丹、緬、泰、柬埔寨、西藏等地，亦同樣可說明文字的使用並非工具而已。

文字改革者認爲：「漢字能夠改革的根本原因，是文字的本質屬性：工具性」，工具既可借用或創造，當然也可以改革；如果漢字這種工具不方便、不好用，自然就需更換②。所以他們全力去攻擊漢字如何「不科學」、如何不便於學習、不便於應用。

殊不知由文化角度看，文字從來都不只是工具。由文化角度看，誰都認爲別種文字不便學習不便應用。由文化角度看，就算再不方便，難學難認難記，該文化體仍會堅持採用屬於它的文字。這個道理，就像同在歐洲，信東正教的地區絕不會採用拉丁字母一樣。

我國周邊各國，本來都用漢字，後來文化自信漸增，就要自造文字，也是同一個道理。所造文字，不少比漢字還要繁複。例如西夏文，一般單字筆畫都在十畫以上，且無明確之偏旁體系；壯族的壯文、越南的字喃，由於合體字多，筆畫結構也頗繁複。在湖南西南的江永縣還有一種「女書」，是瑤族女子發展起來的一種漢系文字，既利用漢字減損變形，又有圈點等符號。這些文字，我們非其文化圈的人，覺得它難，可是它在它的社會中廣泛使用、流傳，特別是在民間歌謠、故事的抄本中。我們覺得它沒啥必要存在，乾脆採用漢字，省事又能廣爲流通。可是這種說法，能獲得寫女書的女人家認同嗎？凡此，均可知脫離了文化觀點的文字工具論，乃是不符文字使用狀況的意識形態編織。

同樣的編織，就是他們有虛假的歷史觀。其現象之一，是建立假的文字進化史觀，二是把這種史觀抽離具體而眞實的歷史情境，單獨且概念化地去說。

假的文字進化史觀，是說文字需當由象形進化到拼音，或其他各種講法，總之就是拼音最進步，漢字較原始或較落後，必須改進。例如周有光《世界文字發展史》把文字史分爲三期：一爲原始文字，二爲古典文字，三爲字母文字。原始文字爲刻符、岩畫、文字畫、圖畫文字。古典文字是蘇美楔形文字、埃及聖書、中國文字、馬雅文字等。屬於表音表意的文字。字母文字則不用解釋。他根本沒談印度、阿拉伯，直接說它創於地中海腓尼基人，其後傳入希臘，「開創了人類文字歷史的新時期」。因此他又得出一個規律：「從意音文字向音節文字發展的規律」，據他看是人類都相同的。③

請問這是研究還是宣傳？古印度亦爲人類四大文明之一，爲何論字母文字就忽略了，逕自說是腓尼基人之發明「不脛而走，成爲全世界通用的文字」？又爲何古印度就可以脫離此種規律，一下子從原始跳入最高級的字母階段？

再者，他抹殺了一個事實，即古埃及與蘇美文化都是被消滅才導致其文字未繼續發展下去的。使用拼音文字的民族占據了他們的故地，便被周先生解釋爲文字由古典時期進化爲字母時期，這不是抽離乃至遺忘了歷史，而孤立、概念化地編織文化進化史嗎？同理，他豔稱拉丁字母推行之廣，強調漢字文化圈日就萎縮，而根本沒說那是歐洲殖民運動的遺跡。

目前拉丁字母的使用區，是歐洲一半、美洲與大洋洲全部、非洲大部、西亞土耳其、東南亞新加坡、馬來西亞、印尼、菲律賓、汶萊、越南。這些地方，除歐洲本身外，都是因被殖民統治才會採用拉丁字母的。正如蒙古，早期採回紇字母書寫，後採藏文字母創八思巴蒙文，都非斯拉夫字母系統。及至蘇聯時期，受其控制，才改用斯拉夫字母。這是政治勢力介入使然，非文字本身就有這麼一個進化的規律。抽離或掩飾了這些歷史事實而講的文字進化史，只能是虛假的意識形態編織。

此外，爲了簡化漢字以達到拼音，而且是用拉丁字母拼音的目的，改革漢字的先生們還編織了另一條規律：文字符號由繁趨簡。以「證明」簡化是大勢所趨，是進步的。

這種說法，違背了漢字文字學的基本常識：字也者，由初文孳乳而寖多者也。其初簡、其後繁是不待說的。一字多義時爲了辨義，也會不斷增加符號，如云加雨成雲，加艸成芸；文本義就是花紋，但字義分化後加糸成紋。又，字本身之古今字亦有古簡後繁者，如无與無，口與國。說文字發展之規律只能由繁而簡，顯非事實，違背了文字學的基本常識。

同時，它還違背了社會事實。什麼社會事實？文字使用能力是文化的表現，越有文化的人，就越喜歡使用、能使用、常使用較罕用、較難寫、字形較繁的字或辭彙。清朝學者喜用古文奇字，或現在大陸上較有文化的人印名片喜用正體字，都是這個道理。違背了這個文字社會學的事實，而空說簡化規律，只能讓人感嘆成見之誤人而已。

歐洲中心主義在語文方面之影響，不僅表現為語言文字改革而已，仿效歐洲建立的語法學，也是其中一端。

中國古代並無所謂語法學，清末馬建忠《馬氏文通》以後，才模仿英文建立起語法學。這是大家都知道的事。此事不只在語法學本身甚為重要，對文字學也是有影響的。因為古代以文字學為主，附論聲韻；現代學術，則只有語言學。除了中文系仍開設文字學課程之外，試問有哪個大學或研究院會成立文字學所？馬氏「文通」，講的其實是文法，但已收攝至語法領域，因為它模仿的是西歐文字。在西歐拼音文字體系中，文字只是語言的模擬或記錄，因此文字仍是語言，只不過是「書面語」罷了。這跟中國文字迥然異趣。但整體語言學的歐化，除建立語法學之外，漢字亦已消攝於此一語言中心的思維中。屆今大陸之學科建置就明定為古代漢語、近現代漢語云云。而幾十年來漢語之研究，又深受結構語言學之影響，更是語言中心論的思路。

二、文字學對語言學及歐洲中心論的批判

從整體上看，注重分析和描述語言符號之結構，是二十世紀西方語言學研究的普遍傾向，形成結構主義的思潮。對此思潮或「現代語言學」，英國語言學家萊昂斯（John Lyons）概括爲五大特點：1.承認口頭語言的優先地位；2.採用非規範性的描述方法；3.承認共時研究的優先地位；4.承認語言與言語的區分；5.接受結構主義的觀點，把語言看成一個關係的系統，而系統成員（聲音、詞語等）沒有獨立之關係與意義。[4]

第一點，指索緒爾《普通語言學教程》開始，即只重視語言，視文字爲記錄語言的工具：「語言和文字是兩種不同的符號系統，後者惟一的存在理由，在於表現前者。」基於這個理由，現代語言學並不研究文字。就算研究，也僅限於表音文字體系。他在〈語言的價值〉一章中，從能指的角度，討論了文字系統的一些重要特徵：1.文字的符號是任意的，例如字母t和它所表示的聲音之間沒有任何關係。2.字母的價值純粹是消極的和表示差別的，例如同一個人可以把t寫成好些變體，但在他的筆下，這個符號不能跟l、d等等相混。3.文字的價值只靠它們在某一個由一定數目的字母構成的系統中互相對立而起作用。因爲書寫符號是任意的，它的形式並不重要。或者毋寧說，只在系統所規定的限度內才是重要的。4.文字符號是怎樣產生的，這完全無關輕重，因爲它們與系統沒有關係。人們把字母寫成白的或黑的，凹的或凸的，用鋼筆還是用鑿子，對它們的意義來說並不重要。這些說法，大抵都是與索緒爾所說的語言現象一致的，文字，依他之見，並無任何特殊之處。

其他幾點，均與這一點相關，尤以第五點爲要，因爲這是過去的語言研究中所缺少的。所謂「關係」是指索緒爾的橫組合與縱聚合這兩個概念。雖然傳統語言學裡也有相應的範疇，如詞性分類和語法結構，但現代語言學的獨到之處，在於它堅持語言成分沒有獨立於相互關係的意義。亦即：語言中的每一個分子，它的身分必須由其他相關的成分來界定。猶如我們只有先搞清楚這一顏色與其他顏色之間的關係，才能夠把握它們的意義。所以說，語言符號的意義，不在於它是否與某一非語言的實體相對應，而在於它和同一系統中其他成分的關係如何。這種結構語言學的特殊識見，就是其所以名爲結構語言學的原因。語言學之功能，便是分析語言之結構、說明每一成分在該結構中之關係。

但是，語言系統是語言學研究的產物，非語言使用者本人的意識所能及。在具體使用語言時，講話者的主觀意識並不把語言當做一個符號系統。如一個講漢語的人在實際會話中用「桌子」這個詞語時，該詞並不是以語言系統中的某一成分出現在話語中，說話者只知道自己和他所認識的其他人曾經在類似的眞實生活情境中使用過這一詞語。

語言符號的意義與外在事物和狀態之間的對應關係，在中國文字中更爲明顯。例如漢字中「象」這個字，一般指稱耳朵大、鼻子長、有一對長大門牙伸出口外的動物。如果按照結構主義的理論，概念的形成跟語言之外的物體沒有關係，該字或詞之所以具有意義，是因爲它不是「虎」，不是「鹿」，也不是「馬」等等；而且象到底是什麼還須由語言系統來決定，這一解釋顯然與漢字的發生情形不符。⑤

同樣的，索緒爾認爲語言的能指與所指並無必然之關係，因此他才會說符號是任意的，字母 t

與它所表達的聲音之間並無任何關係。可是，拼音文字中或許確是如此，漢字卻不。不僅象形、指事、會意之符號，能指與所指頗見關聯，形聲字之聲符亦多見兼意。

也就是說，漢字本身就是對索緒爾理論最有批判性的材料。當代解構主義者德希達在反對索緒爾及整個現代語言科學時，便注意到了笛卡兒、萊布尼茲等人當年借鑑漢字所發起的哲學運動。

據德希達說：由笛卡兒倡導，經A・基歇爾（Athanase Kircher）、J・威爾金斯（John Wilkins）、萊布尼茲等人草擬的「關於文字和普遍語言、關於萬能溝通手段（pasilalie）、多用文字（polygraphie）、通用思想符號（pasigraphie）的所有哲學計畫」，鼓勵人們由當時新發現的漢字中設想一種西方歷史上沒有的哲學語言模式。

這是漢字對萊布尼茲的影響。在他看來，漢字與發音分離，使它更適合哲學研究。而萊布尼茲的想法又是受到笛卡兒之啓發。笛卡兒曾設想：「若出版一本涉及所有語言的大辭典，並給每個詞確定一個對應於意義而不是對應於音節的符號，比如，用同一個符號表示aimer和amare（這二個詞均表示「愛」），那麼，有這本辭典並懂得文法的人，就可以通過符號而將那些文字翻譯成自己的語言。」又說：「如果發現了這一祕密，我敢肯定，要不了多久，這種語言就會傳遍全球。許多人會願意花上五、六天時間學會這門能與所有人溝通的語言。」

這個祕密，在中國一點兒都不稀奇，每個人都知道：因各地方言太多，語言無法溝通，所以才要「書同文」。一旦寫下來，就可讓說任何話的人看得懂。這麼淺顯的道理，在歐洲卻是個從來無人想到的祕密。笛卡兒觸探到了這個祕密，萊布尼茲再由漢字之啓發，才能設想到這種「通用字符」的辦法。

萊布尼茲認爲：「普通文字，可以節省我們必須節儉使用的記憶與想像。……也顯露了它可將符號留在書本上，以便有暇時再加以琢磨的祕密；而且，它使我們在推理時不費多大力氣。它用符號代替事物，以便使想像力安定下來。」

所謂普遍文字或通用字符的模型就是漢字，萊布尼茲渴望從漢字中借用其獨立性。因爲他相信漢字具有非表音性質。漢字似乎是「聾子創造的」，故可獨立於語言之外，他說：「語言是通過發音提供思想符號。文字是通過紙上的永久筆畫提供思想符號。後者不必與發音相關聯。從漢字中可以明顯地看到這一點。」又說：「也許有些人工語言完全出自於選擇並且是完全任意的。我們相信，中文就是如此。」

在致白晉（Bouvet）神父的信（一七〇三年）中，他更把埃及的、通俗的、感性的隱喻性文字，與中國的、哲學的、理性文字區分開來：「漢字也許更具有哲學特點，且似乎基於更多的理性考慮，它是由數、秩序和關係決定的。故只存在不與某種物體相似的孤零零的筆畫」。

對於萊布尼茲的話，德希達並不完全同意，因爲他所要批判的，是整個歐洲文化中內含的邏各斯中心主義，因此他更要由索緒爾及現代語言學上溯黑格爾、盧梭、亞里斯多德、柏拉圖……等，做整體批判。故他認爲萊布尼茲之論並不徹底：「邏各斯中心主義是人種中心主義的形而上學，它與西方歷史相關聯。在萊布尼茲爲傳播普遍文字論而談到邏各斯中心主義時，中文模式反而明顯地打破了邏各斯中心主義。」⑥

萊布尼茲的漢字觀，當然頗多錯誤，不足據以爲典要。但在打破歐洲中心論，也就是邏各斯中心主義、語音中心主義、在場形上學、白人人種中心主義、現代語言科學霸權等等的意義上，卻是值得重視的。德希達稱述之，其作用亦在此。

萊布尼茲對漢字的誤解，最明顯的，就是說漢字與聲音無關。其實漢字並非完全與聲音脫離，形聲、轉注、假借均與聲音有關，聲義是結合的。萊布尼茲只從字形上去認識，自多誤說，故德希達也批評他是「漢字的偏見」。而聲義有關這個特點，在德希達手上，就發揮得更有批判力。

德希達針對拼音化的問題說：許多人以爲拼音化是一種進化的歷程，沒有文字能擺脫此一進程，可是實際上根本沒這回事兒。因爲連所謂「拼音」這個概念都是虛構的。他說：

> 由於結構上或本質上的原因，純表音文字是不可能的，而且它從未徹底減少非表音文字。儘管表音文字與非表音文字的區分是完全必要和合理的，但相對於協同性和基本聯覺（synesthesie）而言，這種區分只是派生的東西。不僅音標拼詞法不可能是全能的，而且它早就開始損害無聲的「能指」。「表音」與「非表音」決非某些文字系統的純粹性質，在所有一般指稱系統中，它們是或多或少起支配作用的典型概念的抽象特徵。它們的重要性很少取決於量的分配，而更多地取決於它們的構造。譬如楔形文字既是表意文字又是表音文字。我們的確不能將每種書寫符號能指歸於某一類別，因為楔形文字代碼交替使用兩種兩個聲區（registres）。事實上，每種書寫符號都有雙重價值，即：表意價值與表音價值。它的表音價值可能簡單也可能複雜。同一種能指可以有一種或多種表音價值，它可以是同音也可以是多音。[7]

由於以索緒爾爲代表的現代語言學完全沒弄明白這些道理，所以德希達總結說：「索緒爾將語言系統與表音文字（甚至與拼音文字）系統相對照，就像把它與文字的目標相對照一樣。這種目的論，會把非表音方式在文字中的現象解釋成暫時的危機和中途的變故。我們有理由把它視爲西方人種中心主義，視爲前數學的蒙昧主義，視爲預成論的直覺主義。」⑧

透過德希達的論述，我們可以發現歐洲中心主義者的語言觀，除了蒙昧及人種中心使然外，更深沉的，乃是對文字的恐懼。

語音或語言，在他們的論述中，是那麼崇高，文字只能從屬於它。可是實際上，他們之所以要大聲疾呼，強調語音語言，正因他們覺得人們已不重視語言了，語言已經被文字吃掉了或壓掉了。所以盧梭說：「文字不過是語言的再現；但奇怪的是，人們熱中於確定印象而不是確定對象。」索緒爾則感嘆：「文字與文字所再現的言語如此緊密地結合在一起，以致文字最終篡奪了主導地位。」

於是索緒爾才設想聲音與意義之聯結應該是最自然的紐帶，然後說這種自然的關係往往被文字顛倒了：「我們覺得，詞語的文字圖畫是持久、穩固的東西，比聲音更適合於構成語言在時間中的統一性；它遠比自然紐帶，即聲音紐帶更容易把握。」「文字圖畫通過犧牲聲音而最終將自身強加給它們……自然關係被顛倒了。」

索緒爾他們的做法，就是想重振語音語言之聲威，把一般人們認爲文字比語言更重要之觀念，再顛倒過來。

這種對文字的恐懼，在黑格爾那兒即曾表現過，而且被他跟對中國的恐懼關聯起來。據德希達描述：黑格爾貶低文字或使文字處於從屬地位，強調邏各斯的作用，謂文字是自我的遺忘，是內化的記憶的反面，開創了精神史的Erinnerung（回憶）的外化。上承柏拉圖《斐德若篇》所云：「文字既是記憶的方法，又是遺忘的力量。」可是他對文字的批評不觸及拼音文字。他認爲拼音文字表達聲音，而聲音本身即是符號。因此，它由符號的符號所組成，是最好的文字，是精神的文字。反之，如萊布尼茲所描述的漢字或象形文字，則是文字本身通過非語音因素背叛生命。它同時威脅著呼吸、精神，威脅著作爲精神的自我關聯的歷史。它是它們的終結，是它們的限定，也是它們的癱瘓。它中斷呼吸，在字母的重複中，且限於小範圍，並只存在爲少數人保留的評注或詮釋中。它妨礙精神創造活動，或使這種創造活動無所作爲。最足以代表這種現象的就是中國。所以他說：「中華民族的象形文字僅僅適合對這個民族的精神文化進行詮釋。」

黑格爾對中國的詮釋，大家都知道，那不僅是歐洲中心主義，更充滿了日耳曼種族偏見⑨。可惜，近百年來，講語言學、提倡拼音化、要廢除或簡省漢字、暢言漢字須進化爲字母文字者，卻對他們自己這種心態矇然不察，落入邏各斯中心主義、歐洲中心主義而不自知，反而自以爲是先進的，是爲了中國人好。待解構主義這類批判出現後，大家才恍然，發現那些言說原來披著的只是件「國王的新衣」。

近年大陸興起的文化語言（文字）學，即站在這個基礎上，發展出了一批漢字文化與漢字詩學理論，論旨繁賾，主要觀點是說：

1. 漢字是表意的文字，其形象有利於形象思維特性，西方語言文字缺乏感性與形象，只是單一的「語言中心」。

2. 由於漢字和漢語的特性，中國文化是以與西方不同的思維方式爲基礎的。中國的思維方式，因漢字形象化而具有感悟性強的特點；西方拼音文字符號經過抽象，不利於感性把握，因此會形成理性中心的缺陷，這是文化層次的主要區別。

3.在文本和語境（context）中，漢字漢語的能指與所指相合，而西方語言的能指與所指分離，這樣西方會有能指中心現象，而漢文則能避免此類現象產生。迦

但這類論說大抵都比較溫和，最多只是說中西方不同，漢字所形成的漢文化、漢詩學自有其特色，跟西方拼音文字及其文化不一樣。偶爾也還會有些人想證明或說明中西雖異，其中仍可會通，如錢鍾書就在《管錐編》中說：道與邏各斯都兼有道理（ratio）與言說（oratio）二義，故可「相參」。誰也不敢像德希達那樣，率直指出西方邏各斯中心主義及語言中心論是走錯了路，以免被指爲漢字沙文主義。

雖然如此，百年來歐洲中心主義加諸漢字的災難，已略可暫紓，得以在較對等的地位上討論彼此之異同，亦非壞事。

但漢字的命運並未因此步上坦途。歐洲中心主義並未被德希達一類批判批死。它是一種勢力，具有社會實質的力量，更有世界形勢的結構性支撐，與社會政經運作是相配合的。因此，歐洲中心主義，在社會上仍繼續在起著實際作用；且隨著形勢推移，歐洲中心亦已逐漸發展出以美國爲新中心的全球化思維及動勢。

三、對全球化及美語帝國主義的質疑

約翰·湯姆林森《全球化與文化》一書曾詳細分析了全球文化的概念，說明：「現代歐洲文明

的神話，以及與此相連的十八世紀以來的『文化帝國主義』，都可以被看作一個正在顯現的、全球的、內省的、現代性之相伴隨的特徵。……對十九世紀的許多人來說，『世界主義』主要是一種歐洲的『世界性』。」亦即文化全球化，並非後現代論者所云的新事物，它乃是十八世紀以來歐洲人的理想，且也發展出了許多實際的國際性世界運動，例如馬克思主義即爲其中之一。

馬克思站在聖西門的社會主義國際主義（internationalism）傳統的基礎上，描述未來共產主義社會時，爲我們展示了一幅全球文化的圖畫：國家的各個部門消失了，所有特殊的、地方的附屬物，包括宗教的信仰也都煙消雲散了；它有統一的語言、世界的文學和世界主義的文化趣味。

他的洞見之一，就是對全球經濟化（跨國資本主義）之文化影響有先見之明。因此，在《共產黨宣言》中，他就從資產階級的影響中，表明了「各國都具有一種生產和消費的世界主義的特徵」。此外，他認爲，即將到來的革命和共產主義時代「只能有一個『世界─歷史』存在」。爲了這個終極目標，馬克思非常樂意看到那些非歐洲文明的毀滅。他在《共產黨宣言》中說到：「資產階級，由於一切生產工具的迅速改進及交通便利，把一切民族甚至最野蠻的民族都捲到文化中來了。它的產品的低廉價格，是它用來摧毀一切萬里長城、征服野蠻人最頑強的仇外心理的重炮。」對於他這些說法，湯姆林森講得好：「在我們今天看來，它所展現的，就是十足的歐洲中心主義（Eurocentrism）了，附和了黑格爾對亞洲的態度。」⑪

在那些世界主義者的思維中，有一個全球文化概念的中心問題，即一種全球性的語言。馬克思在思考這個問題時，也受到了十九世紀人建構各種人工通用語言的影響，那些語言中，最馳名、也最爲持久的，就是本文前面提到的世界語。今天，世界語已經得到聯合國教科文組織（UNESCO）

的讚許，而其機構「世界語聯合協會」也已經獲得UNESCO以及聯合國其他組織的支持。

然而，世界語的辭彙和書寫體，都來自歐洲語言（拉丁語、希臘語和日耳曼語），所以，它其實就是歐洲中心主義的語言。

雖然如此，世界語在世界上的適用度，遠不如歐洲的一種自然語言：英語。而英語之所以能在世界上流通，卻又非歐洲之功，乃是美國的力量。這就顯示了一種弔詭的局面：歐洲文化欲全球化的結果，竟是美國來實現了這個理想！

目前，世界上超過三分之二的科學家使用英語寫作，四分之三的郵件是用英語寫的，電子信息80%是用英語儲存的。因此美國哲學家羅伊・韋瑟福德（Roy Weatherford）才會把英語取代所有其他語言的現象，視爲是「美國作爲一個軍事、經濟和娛樂超級大國主導」的結果，他相信這將保證世界和平，因爲「世界各地的愛國主義者和沙文主義者最最恐懼的事情就要變成現實了：我們最終要成爲『一個世界、一個政府、一種文化』了」。

隨著英語（其實已是美語）的流通，特殊的美國中心文化逐漸建立起了霸權，美國人的價值觀、消費商品和生活方式在四處擴散，形成了文化批判論者眼中的「文化帝國」。

由於所謂的「地球村」實際上是座美國村，所以戴維・莫利（David Morley）等人強調：「如果脫離了美國文化帝國主義的悠久歷史，實際上就無法認清後現代理論家們強調的全球化趨勢。即便不自二十世紀二〇年代起，至少也是自第二次世界大戰起，文化帝國主義的戰略，實際上便一直是美國外交政策中完全有意識、顯而易見的舉措了。」⑫

全球化，成了美國文化帝國主義的論述或事實後，歐洲當然有嚴重的失落感及認同危機。對歐洲人來說，全球化是一種威脅而不是開闢了新天地，因爲它給歐洲造成了身分危機，歐洲的國家不再居於世界的中心，不再是全世界價值觀念的發源地。「那個叫強者和世界領袖的歐洲不復存在；那個是一切上等文化靈感源泉的歐洲已經乾涸。」歐洲曾經象徵著文明與進步，現在卻是指緊縮與抑制。歐洲的事業曾經是世界主義的，而現在要復甦的理念卻是歐洲排他主義。並且現在「歐化」也不是指歐化世界其他地方，而是指歐化歐洲自身。

此即：做一個歐洲人、歸屬於一個共同的歐洲家園的觀念。一九九二年開始促進推廣的正是這種歐洲共同社會認同的觀念。試圖建造一個文化統一體，以作爲一個歐洲共同市場的基礎，這個市場足令歐洲在世界的經濟體系中跟美國競爭。⑬

換言之，美國文化帝國的全球化論述及行動，刺激了歐洲的自我認同，欲積極保衛歐洲文化。全球化論述，也引起了許多思想家的反省與批判。例如李歐塔所稱的「後現代狀況」，許多人就認爲不能普遍化，全球許多地區並無此種體驗和狀況，其歷史也未必就一定要走向後現代。例如，斯圖爾特・霍爾就認爲，後現代主義一方面「指全世界如何夢想做『美國人』」，另一方面，僅僅是「歷史遺忘症的再版，其特徵爲美國文化——新的專制」，很容易就可以把許多關於「全球後現代」的宏偉宣言看穿是意識形態的主張。另一些人則指出媒體與美語這類媒介，並不只是媒介或技術而已。這些東西有非常特定的來源（歐美），受控於特定的利益團體（迪士尼、時代華納、貝塔斯曼……等），因此其所謂交流或交談，只是美國及一部分歐洲國家講，而其他地方聆聽而已。

德希達和薩伊德的批評更猛烈。德希達指明：我們仍舊生存在「白種男人把他自己的印歐神話、他自己的邏各斯……他自己習慣的神話當作普世事物」的環境裡。因此他批評西方的理性中心主義（logocentrism）「只不過是強迫全世界接受自己最本源、最猛烈的種族中心主義」。

薩伊德則指出：西方版的東方主義和歷史決定論常常造就出一種本質性的普世主義，它從歐洲及西方的視角（並以之爲最高點）來看待人類歷史，從而形成自戀式的以自我爲中心的知識。其實，若不存在「西方」，那麼也不會存在東方。正是「西方」賦予了「東方」存在與同一性。但它所給予的東方，在本質上呈劣勢且存在缺陷。東方文化被界定爲低等文化，這種文化是根據其所缺乏的東西（現代性、理性、普世性）而界定的。因此東方落後、非理性、獨特……等。

建構這種想像中的東方，可以給西方的概念注入一種統一性和凝聚力，並使西方在闡釋東方與非歐洲的區別時，還不得不闡釋自己的霸權地位，闡釋它在向「劣等」文化群體施行霸權方面已經取得亦必然取得勝利，霸權的推展更是對東方的拯救。

四、面向全球推廣漢字的挑戰

面對全球化，除了要認識它內中含藏的霸權性質外，更須在行動上有所作爲。首先應該做得更積極的，是面向全球的華文教育。

目前世上學華語的人已漸增加，但台灣的世界華文教學未得政府政策支持，海外教學點已漸趨萎縮。大陸之對外漢語教學，相對來說便較爲蓬勃。最近其國務院對外漢語教學辦公室正推行「全球孔子學院計畫」，準備仿西班牙塞萬提斯學院、德國歌德學院之例，在全球開辦一百所孔子學院，也就是一百個漢語教學點。採與當地國合辦共建之模式，由大陸支援教材和師資。此舉雖壯，但一來大陸使用簡化字，對漢字之發展不利；二來其利未形，其弊先現，對外教學之成果還沒見著，首先排擠了台灣在海外的華語文教育機制。因此其事是福是禍，不易遽斷。何況，就算沒上述問題，目前全球華語文教學的教材、教法、輔助教學工具、教學形式、教學機構……，比起美語教學也是瞠乎其後的，須大力強化推動，自不待言。

其次是中文電腦的發展。

目前電子中文的處理方式：1.在系統內採用雙或多音節內碼表徵漢字，如BIG5、GB2312、GB18030、CJK、Unicde……等。2.在電腦硬碟建立漢字庫，運行時部份調入內存。這漢字庫又分一級常用、二級通用、三級擴充等。3.以中文輸入法調用漢字庫中存放的漢字。輸入法「萬碼奔騰」，拼音、五筆、倉頡、手寫、快碼、語音辨識……，什麼都有。4.按設字的字體字形字號顯示或列印漢字。可在電腦上顯示出漢字，這種狀況固然相同，但不同系統中表徵漢字的內碼完全不同，常用的編碼（Encoding）系統，BIG5內碼收一三〇五三字；GB2312、GB18030、CJK、HZ收三萬字；UTF-7、UTF-8、UTF-10、Unicde收七萬字；CC2字節內碼表收三萬二千字、CC4有一千六百萬漢字符，彼此不僅字數不同，系統也不能相容，而詞組的輸出率則都偏低。

除中文系統分歧外，眾所周知的困難，是正簡字的不同。目前正簡字轉換技術已漸成熟，但仍不完善。洪成玉〈漢字繁簡轉換的對應策略〉以系字爲例，發現轉換時，該用系的字都可以成功。但系該轉爲係，如關係，準確率只有5%，系該轉爲繫的，如維繫聯繫，完全準確率只有1.2%。足見其仍待改善。[14]

可是在正簡字轉換上，歷年所花費的這些人力物力，其實都是從前人造孽，受歐洲中心論影響所造下的惡果，才累得我們現在需要絞盡腦汁去跨越書不同文的鴻溝。幸而目前做資料庫的人已有基本共識，大家都採用正體字了。⑮

中文電腦發展另一問題，是中文作業系統環境。電腦是西方的發明，故其作業環境就是英文。中文要能具有中文操作系統、程式語言及應用程式等整體的中文環境，跟英文一樣，仍是需要努力的。

是的，革命尙未成功，同志仍須努力。

註：

①見中國文字改革會議祕書處編《第一次全國文字改革會議文件彙編》，文字改革出版社，一九五七。頁十四。

②見高更生等編《漢字知識》〈漢字改革的必要性與可能性〉，山東教育出版社，一九八二。頁九九。

③見周有光《世界文字發展史》，上海教育出版社，二〇〇三年新版。緒論。

④萊昂斯《現代語言學導論》，牛津大學出版社，一九六九。頁五〇。

⑤另詳丁爾蘇《語言的符號性》，外語教學與研究出版社，二〇〇〇。第二章。

⑥均見德希達《論文字學》，汪堂家譯，上海譯文出版社，一九九九。第三章第一節。德希達這最後一句話是說萊布尼茲並未能眞正打破根深柢固的邏各斯中心主義，中文反倒顯示了明確不同於邏各斯中心主義之處。他說：「萊布尼茲的普遍文字（本質上是非表音文字）計畫，絲毫不會中斷邏各斯中心主義。恰恰相反，它證明了邏各斯中心主義。就像黑格爾指出的那樣，它產生於邏各斯中心主義並且求助於邏各斯中心主義。」

⑦見註⑥引德希達書第三章第三節。

⑧見註⑥引德希達書第二章第一節。德希達對索緒爾的批評，甚爲繁複，不止此處所談這些。例如他論「印跡」、

「延異」就是用以取代索緒爾之說「差別」。其說與皮爾士符號學對索緒爾及靜態語言結構論的批評頗有似處（詳註③所引丁爾蘇書第二章第三節）。本文只針對其說涉及漢字者言之，故不贅及。

⑨詳龔鵬程〈畫歪的臉譜：孟德斯鳩的中國觀〉，收入《一九九九龔鵬程學思報告》，佛光人文社會學院。頁二八～六九。

⑩見方漢文《比較文化學》，廣西師範大學出版社，二〇〇三。第四章。但對這類意見，我自己有些不同的看法，詳龔鵬程《文化符號學》，台灣學生書局修訂版，二〇〇一。第四卷第二章第七節。此不贅。

⑪另詳湯姆林森《全球化與文化》，郭劍英譯，南京大學出版社，二〇〇二。第三章。

⑫見戴維・莫利與凱文・羅賓斯（Kevin Robins）《認同的空間：全球媒介、電子世界景觀和文化邊界》，南京大學出版社，二〇〇一。第十章。

⑬見註⑫所引書，第一章。

⑭見《二〇〇四年第三屆漢文史資料庫研討會論文》，北京。

⑮許逸民〈繁體字是創造漢文史資料庫的基本學術要求〉，《第三屆漢文史資料庫研討會論文集》，文信傳文史研究院。頁二一七。

INK PUBLISHING
文學叢書 102
北溟行記

作　　者　龔鵬程
總 編 輯　初安民
責任編輯　丁名慶
美術編輯　許秋山
校　　對　龔鵬程　余淑宜　丁名慶

發 行 人　張書銘
出　　版　INK印刻出版有限公司
台北縣中和市中正路800號13樓之3
電話：02-22281626
傳真：02-22281598
e-mail:ink.book@msa.hinet.net
法律顧問　林春金律師

總 經 銷　成陽出版股份有限公司
業務部／訂書電話：02-22256562　訂書傳真：02-22258783
訂書地址：台北縣中和市中正路800號11樓之2
e-mail：rspub1@sudu.cc
網址：舒讀網http://www.sudu.cc
物流部／電話：03-3589000　傳真：03-3581688
退書地址：桃園市春日路1490號
郵政劃撥　19000691 成陽出版股份有限公司
門市地址　106台北市新生南路三段96-4號1樓
門市電話　02-23631407
印　　刷　海王印刷事業股份有限公司

出版日期　2005年 10 月 初版
ISBN 986-7420-87-X
定價　240元

國家圖書館出版品預行編目資料

北溟行記／龔鵬程 著.－－初版，
－－臺北縣中和市：INK印刻，
2005〔民94〕面；　公分（文學叢書；102）

ISBN 986-7420-87-X（平裝）

855　　94015645